妹はカノジョにできないのに

2

著 鏡遊
画 三九呂

Contents

妹はカノジョにできないのに

2

著——●鏡 遊
画——●三九呂

IMOUTO HA KANOJO NI
DEKINAI NONI

IMOUTO ha
KANOJO ni
dekinai noni
桜羽春太
Sakuraba Haruta
桜羽雪季
Sakuraba Fuyu
月夜見晶穂
Tsukuyomi Akiho

Characters

IMOUTO HA KANOJO NI
DEKINA NI

霜月透子
Shimotsuki Toko

冷泉素子
Reizen Motoko

陽向美波
Hinata Minami

第0話 プロローグ

ぱっ、とスイッチが入るように突然に目が覚めた。

いつもの、ぬるま湯の中から浮かび上がるようなゆったりした目覚めとは違う。

悪い夢でも見ていたのだろうか。

そうだ、あの告白は悪い夢だ——

そんな風に思ってしまうのは自分勝手で、あいつにも悪いかもしれない。

だが、自分の思いを簡単に抑えることなどできるはずもない。

「お兄ちゃん？」

「うおっ」

いきなり、視界に妹の顔が現れていた。

ベッドの横に座り込み、上から兄の顔を覗き込むようにしている。

ああ、そうだよ——俺の妹は、この子だ。

桜羽から冬野に苗字が変わっても、雪季が俺の妹だ。

春太は自分にそう言い聞かせるようにして——

「おはよう、雪季」

「おはようございます、お兄ちゃん」

雪季も起きたばかりなのか、長い茶髪に寝ぐせがついている。

ピンクのもこもこしたパジャマという格好で、下に着たキャミソールの胸元が大きく開いていて、中学三年生にしては大きなふくらみの谷間があらわだ。

「お兄ちゃん、ぱちっと目を開けたままフリーズしてるから、ちょっと怖かったですよ？」

「雪季が俺を怖がるなんて珍しいな」

春太は１８０センチを超える長身で、たまに怖がられることはある。

だが、妹を怯えさせたことなどないはず。

「新鮮で、実はドキドキしちゃってましたけど♡」

「……そうか」

妹には、兄の怖さすら美点に見えるらしい。

「あ、忘れないうちに。ちゅ♡」

「…………」

雪季はさらに屈んで、軽くキスしてくる。

柔らかな唇が春太の唇に一瞬だけ触れて離れた。

同時に立派にふくらんだ胸も、春太の腕に乗っかるようにして触れた。

雪季は朝起きたら兄の部屋に来て、おはようのキスをするのが当たり前になっている。

「ふふ、パパにバレないかドキドキですよね。朝から私、ドキドキしっぱなしです」

「楽しんでないか、雪季？」

春太の質問に、雪季は笑っただけだった。

桜羽春太と冬野雪季は、十年以上の間、兄妹として育ってきた。

だが、数ヶ月前に両親が離婚して。

二人は両親の連れ子同士で、血が繋がっていないことが明らかになった。

春太は父、雪季は母と暮らすことになったが、いろいろあって雪季は父と兄のもとへと戻ってきた。

以前は、二人は同じ部屋を使っていたが、血縁がないことが明らかになった以上、前と同じわけにはいかない。

春太は高一、雪季は中三の年頃なのだ。

とはいえ、雪季はこうして朝起きると、すぐに春太の部屋にやってくる。

寝るときだけ別々の部屋なだけで、以前とあまり変わっていない。

変わっていない、と春太は思うようにしている。

妹は妹。

そう思わなければ、血が繋がっていない可愛すぎる女の子が常にそばにいる状況は危険だからだ。

「まだ少し早いですけど、起きますか？　朝ご飯、つくりますよ」
「そうだな、起きるか……」
春太は、ようやくベッドの上で身体を起こす。
妹が兄より早起きなのはいつものことだが、いつまでもダラダラしていられない。
「じゃあ、着替えちゃいますね」
雪季はパジャマの上とキャミソールをためらいなく脱ぎ、続けて下も脱いだ。
白のブラジャーとパンツの上下、透き通るように真っ白な肌、すらりとした長身。
男なら誰でも見たがるような半裸を、雪季は惜しげもなく晒している。
雪季は別に兄を挑発しているわけではなく、幼い頃からの習慣が続いているだけだ。
今のところ、雪季は血縁がなくても妹として振る舞うと決めているらしい。
そうだ、俺の妹は雪季だけだ。
春太はあらためて、自分にそう言い聞かせる。
あの日、彼女がこの家で告げた言葉を、なかったことにはできない。
だが、雪季の前では知ってしまった真実を隠し続けるべきだろう。
いや、まだ真実かどうかは確認できていない。
確認する勇気を、春太はまだ持てなかった——

第1話　妹はまだ真実を知らない

花束を買ったのは生まれて初めてだった。

仏花、と呼ぶのも初めて知った。

降りた駅のすぐそばに花屋があるのは確認していたので、そこで購入した。

千円ほどで、桜羽春太は「意外と高い」と思い、値段を気にするものじゃないと思い直した。

十一月になり、冷たい風が吹き始めている。

日曜の冷え込む街を、ゆっくりと歩いて行く。

「えーと……こっちです、お兄ちゃん」

「おっと、そうか。危ない、間違うトコだった」

春太の隣には、上品な白いコートを着た少女がいる。

茶色の長い髪、編み込みに黒のヘアピン。目立たない程度の薄いメイク。

少女はスマホの地図を見て、行き先を確認中だ。

もちろん、春太の隣を歩いているのは冬野雪季――苗字は違っても、妹だ。

父親が別、腹違いではあっても、妹だ。

今のところ、雪季が実の妹でないことは、家族だけの秘密になっている。

世間——春太や雪季の友人、さらに親戚のほとんども二人を実の兄妹だと思っているらしい。

春太の父と雪季の母はよほど上手く周りを騙してきたようだ。

その両親は、今年の五月に離婚した。

当然ながら、父は息子を、母は娘を——血の繋がった子供を引き取った。

しかし、引っ越し先で雪季は同級生たちからイジメに遭い、雪季の異常に気づいた春太が彼女を連れ戻したのだ。

いろいろ問題はあったものの、雪季は元いた家に落ち着いている。

雪季は、可愛い。

茶髪ロングのストレートで、目はぱっちりしていて鼻筋もすっきり通っている。

中学三年生にしては背が高く、今も成長中で168センチ。

身体はほっそりしているが、胸のふくらみはDカップで、こちらも成長中だ。

脚もすらりと長く、すぐにでもモデルがつとまりそうだ。

実際、初対面の人間には「モデルをやってるのか？」と訊かれることも多いらしい。

オシャレを好み、髪を茶色く染めているが、清楚な雰囲気の漂う美少女だ。

そもそも、イジメの原因も雪季の並外れた美貌によるところが大きかった。

春太は兄として——いや、兄として以外の気持ちも大きいが、雪季のことが心配で仕方ない。

「ここですね」

「ああ」

春太と雪季が立っているのは、とある寺の門前だ。

「じゃ、行くか」

「はい」

二人は門をくぐって寺に入り、案内板に従って先へ進んでいき——墓地に着いた。

今度は春太がスマホを見ながら、墓地内を歩く。

「えーと、メモによるとこの辺……ああ、これだな」

「山吹家（やまぶきけ）……こちらですね」

春太と雪季の前にあるのは、〝山吹家〟と刻まれた墓石だ。

「こちらに……お兄ちゃんのお母さんが眠（ねむ）っているんですね」

「そうらしいな」

墓石の横には墓誌があり、数人分の戒名（かいみょう）と名前、没（ぼっ）した年月日などが刻まれている。

そのうちの一つ——翠璃（みどり）という名前を見つけた。

山吹翠璃（やまぶきみどり）。

一時は、桜羽翠璃（さくらばみどり）という名前でもあった女性だ。

「優しそうな方でしたよね」

「ああ……」

この墓地に来る前、父に見せられた一枚の写真。

まだ生まれたばかりの春太を、愛しそうに抱いている三つ編みの若い女性が写っていた。

背が高く、170センチ以上あったという。

春太も高一の現在で、181センチまで伸びていて、今も成長中。

父親も長身で、二人の遺伝子をきっちり受け継いだようだ。

「父さんは背の高い人が好みなんだな」

「ママも高いですからね」

雪季もその母の遺伝子を真面目に受け継いでいるわけだ。

「あ、いえ、ここでママの話を持ち出してはいけませんよね……」

「気にしなくていいだろ。この人も、父さんが再婚したことは知ってたらしいしな」

春太は花を供え、二人で線香を上げて手を合わせる。

写真でしか見たことのない母とは、春太が生まれた直後に離ればなれになったという。

今、春太は十六歳。つまり、ほぼ十六年ぶりの再会だ。

春太は合わせていた手を下ろし、あらためて墓誌を眺める。

時系列を簡単に整理すると。

父親と実の母が離婚したのが、春太が生まれてすぐ。

父親と雪季の実の母が再婚したのが、春太が三歳のとき。

そして、春太の父と雪季の母が離婚したのが半年ほど前、今年の五月だ。

「五年も前に亡くなってたなんてなあ……」

春太はつぶやいたが、あまり感慨はない。

自分でも薄情だと思っても、会ったこともないどころか——

存在すらずっと知らなかった生みの母なので仕方ない。

「なにも知らなかったんだな、俺は」

「仕方ないです。パパですら、亡くなって一年以上経ってから聞いたそうですし」

「ああ……」

実の母は、交通事故で亡くなっていた。

母が春太のことをどう思っていたのか、それはあえて聞いていない。

ただ、母が春太を引き取らなかったのは本人の意思ではなく、母の実家の意向だったという。

父はかつての妻の死を、彼女の友人から聞いたそうだ。

そこまで聞いて、春太はそれ以上事実を掘り下げるのをやめた。

実の母に捨てられたわけではない、とそれだけ確認できれば充分だ。

今後会うこともない連中へのヘイトをためたくない。

「よし、帰ろう、雪季」

「え、もういいんですか?」

「墓に長居しても仕方ないだろ。あまり話も弾まないしな」

「……お兄ちゃんがいいなら。また来ますね」

雪季は墓に向かってそう言って、丁寧に頭を下げた。

彼女にとっては義理の父親の元妻で、しかも今は社会的にはその義理の父親との親子関係も存在しない。

つまり、雪季から見れば山吹翠璃は無関係の人間だ。

春太も、父親から母の墓を聞き出したものの、一人で会いに行くつもりだった。

兄のことを知り尽くしている雪季なら、気を遣って春太一人で行かせるところだろうが――

あえて雪季はついてきた。

雪季は、ここ最近は特に春太を気に懸けている。

カンが鋭い彼女は、春太になにかあったと感づいている。

春太は、月夜見晶穂が桜羽家を訪ねてきたときのことを――

あの衝撃的すぎる告白のことを、妹には話していない。

妹。

漢字にすればたった一文字の言葉を、春太は疎ましく思ったことなどなかった。

ただ、愛するべき者を表す言葉だったはずなのに、変われば変わるものだ。

実母の墓参りに来たのは、確かめたいことがあったからだ。

ここで亡き母に訊いても、決して答えが返ってこないことはわかっていたが。

それでも、訊いてみたかった。

あなたは、父の裏切りを知っていたのか？

そして、その裏切りの結果として存在している彼女のことを知っていたのか――と。


春太と雪季の兄妹は、再び電車に乗って移動した。

しばらく電車に揺られ、ターミナル駅で乗り換え――のはずが、春太は「ここで降りよう」と言った。

雪季は不思議そうな顔をしつつも、特に反論はしなかった。

妹は、兄の言うことにめったに逆らわない。

兄への絶対的な信頼があるようだ。

春太は雪季を連れて、繁盛した駅前を五分ほど歩き――

「え、お兄ちゃん、ここは……」

雪季が、きょとんとしている。

春太と雪季の前にあるのは、〝サークル・テン〟という名のアミューズメント施設。

メインはボウリング場だが、他にも多種多様な遊び場が併設されている。

「雪季、最近ずっと勉強漬けだったからな。たまには気晴らしをしないと」

「お、お兄ちゃん……！」

雪季の大きな瞳がキラキラしている。

妹は中学三年生、今は十一月――つまり受験勉強の真っ最中だ。

特に雪季は特殊な条件で受験に挑むため、かなりキツいスケジュールで勉強している。

現在、中学には通っていないが、朝から自宅でノルマをこなし、春太が帰宅してからは夜遅くまでつきっきりで勉強を見てやり、雪季もそれに応えて頑張っている。

ただ、春太が見たところ、妹はそろそろ限界だ。

いくら受験生とはいえ、息抜きは必要だろう。

そうでなくても、雪季は勉強が苦手で大嫌いだ。

たまには気晴らしをしないと、受験本番前に潰れてしまう。

「さてと……」

春太は雪季を連れて、店内に入った。

日曜なので、かなり混雑している。

普段(ふだん)はあまり見かけない親子連れなどもたくさんいるようだ。

「どこに行く？　ボウリング、カラオケ、ビリヤード、ダーツ、それか――」

「ゲーセンに行きましょう！」

「迷いないな！」

サークル・テンにはかなり大きなゲームセンターもある。

「ひーちゃんれーちゃんと一緒(いっしょ)なら、カラオケとかボウリングもアリですけど、お兄ちゃんとならゲーセン一択(いったく)じゃないですか」

「まあな……」

春太と雪季は重度のゲーマーだ。

雪季は受験勉強が最優先で、最近は二日に一時間ほどしかゲームを遊べていない。

春太も妹に悪いので、ゲームを遊ぶのは一日に三時間くらいに留(とど)めている。

「わー、ゲーセンなんて久しぶりです。あ、ストＧがありますよ！」

「ふーん、Ｇはけっこう前のゲームなのに、まだ置いてあるんだな」

キッズから大人まで楽しめるカジュアルな格闘(かくとう)ゲーム『ストライク・バスターズ』。

雪季はＦＰＳゲームの『ＣＳ64(コールサインシックスフォー)』にハマる前は、ひたすら『ストバス』を遊んでいた。

かなりのやりこみ具合で、決して弱くない春太でも雪季相手だと十回やって三回勝てるかどうか。

本来は家庭用ゲーム機向けのゲームだが、アーケード向けに調整された『ストライク・バスターズG』略して『ストG』というバージョンがある。

「ストGやりましょう。アーケード版は久しぶりです。お兄ちゃんに絶望というものを教えてあげますよ」

「容赦ねぇな」

妹は兄に対しては常に控えめだが、ゲームで接待プレイをすることはない。

そういうわけで、ストGの対戦を開始——

「ハイッ、ハイッ、ガードするだけじゃ勝てませんよ！　おっと、油断させて大技ですか！　甘い、甘い！　お兄ちゃんのクセは読んでますから！」

「くそっ、スカされた……！」

普通にやったら、春太は雪季にはかなわない。

一方的にやられているフリをして、一発逆転の大技を繰り出したのだが、雪季には読まれていたようだ。

「ハイッ、ハイッ、ハイッ……！　はぁいっ！」

「うおっ……！」

ストGは体力ゲージをゼロにされるか、対戦ステージから落下したら負けになる。

春太の操作するキャラは、落下どころか画面外まで吹っ飛ばされてしまう。

「やりました！　お兄ちゃん、まだまだですね！」

「くっ、格ゲーだけは勝てねぇ……！　他のゲームは全部俺が勝つのに！」

「なんてことを！　CS64で自分だけSSランクになったからって！」

「雪季はまだSランクだよな。ははっ、俺のほうがあとで始めたのにな！」

「お、大人げないです……あっちの家は回線がイマイチだったんですよ！　ビデオ通話もできないのは嘘でしたけど！」

「ラグを負けの理由にしてるうちはまだまだだな」

「ううっ……」

格ゲーで負けたからといって、他のゲームでの勝利を持ち出す大人げない兄と、素直に悔しがる妹だった。

「よし、もう一戦いきましょう。次はノーダメ勝利を掴んでみせます」

「こいつ、本気出す気だ……一割は削ってみせるからな！」

「プライドが低空飛行してますね、お兄ちゃん……」

妹に呆れられても、春太は気にしない。

敗北確定でも、一矢報いることのほうが大事だ。

「いいでしょう、お兄ちゃん。一割はくれてやります。でも、私の勝利は揺るぎません！」

「一割くれるのか、ありがとう！」

馬鹿な兄妹だった。

春太と雪季は、周りの注目を集めまくっていることにまだ気づいていない。

騒いでいることよりも、雪季の圧倒的な美貌のせいではあるが。

そんなこんなで、春太と雪季はしばらくゲームを楽しみ——

「はーっ！　最高でした！　やっぱりお兄ちゃんとのゲームが世界一楽しいですね！」

「そんな大げさな」

春太は、カップのアイスコーヒーをすすりながら苦笑する。

二人は、サークル・テン内にあるカフェに移動していた。

ゲームで疲れた身体に、冷たくて甘い砂糖たっぷりコーヒーが心地よい。

「お兄ちゃんをボコれてストレス発散にもなりましたし」

「……そりゃよかったな」

「あはは」

雪季は、無邪気に笑っている。

妹が飲んでいるのはオレンジジュースだ。

このカフェでは丸い変なグラスに入った、果汁一〇〇パーセントの美味しいオレンジジュースがメニューにある。

オシャレにこだわる妹は、飲み物までシャレている。

「……って、よかったんでしょうか。つい、遊べるのが嬉しくて夢中になってましたけど」

「ん？　なんか問題があるのか？　俺をボコボコにした以外で」

「い、いえ……お墓参りの帰りにこんなにハシャぐのはよくないかもと……」

「そんなこと気にしなくていい」

春太は笑って、雪季の頭をぽんぽんと叩く。

「せっかく日曜にお出かけしたんだ、遊ばない手はないだろ。翠璃も、そんなことでヘソを曲げない人だと思うことにしよう」

「お、お母さんを呼び捨てにしちゃダメです……」

もちろん、春太は冗談めかして呼び捨てにしただけだ。

「俺の母親は、母さんだ。もういない生みの母より生きてる雪季のほうが大事だしな」

「はい、生きます」

「なんだ、その返事は」

思わず笑いながら、春太はまた雪季の頭をぽんと叩く。

「やっぱ、息抜きは大事だよな。俺も受験の息抜きで松風とストリートバスケやって、ヤンキーたちをボコボコに負かしたら、仲間いっぱい呼ばれて殺されそうになったっけ」

「そんな危ない話、初耳なんですけど⁉」

「大丈夫だ、殺されてない」

「お兄ちゃん……この前、バイクで一晩走った件も、実は許してませんよ？」

「まあ、雪季が怒るかもと思ったから、免許取ったことも黙ってたくらいだからな」

「私を心配して駆けつけてくれたから、スルーすることにしただけです。お兄ちゃん……私だって、お兄ちゃんが危ないことをしたら怒りますからね？」

「わ、わかってるって」

春太は少し前に、雪季の友人の冷泉から妹の知らない一面を聞いたばかりだ。

雪季は基本的に穏やかだが、怒るとかなり面倒くさいということを。

友人の氷川が冗談まじりに春太をディスり、怒った雪季は氷川からのＬＩＮＥは既読スルーしつつ、教室では普通に話していたらしい——なんだか凄く怖い話だった。

「えーと……雪季の息抜きの話だったな」

「私は、もう少しバイクのお話を続けてもいいですよ。レイゼン号ってネーミングには言いたいことがたくさんありますし……でも、お兄ちゃんとバイクで二人乗りはちょっと憧れます」

「バイクは危ないだろ！」

「言ってることおかしくありません⁉」

「どっちみち、原チャリは二人乗りできねぇし。中型ってヤツを取る気もないな。もし、雪季を乗せてコケたらえらいことだろ」

「お兄ちゃんが一人でコケてもえらいことです……絶対ダメです……」

やはり、雪季は兄のバイクに反対らしい。

とはいえ、原チャリの便利さを知ってしまったら、自転車には戻れない。

春太は妹を危険にさらす気は微塵もないが、自分の危険には鈍感だ。

「まあ、俺が車の免許を取るのを待て。ホントは今すぐでも取りたいくらいなんだけどな」

「あ……もしかして、私の登校を気にしてます？」

「気にしないわけないだろ」

今、中学に通っていない雪季は進路の選択肢がかなり限られた。

幸い、素行と成績に問題がなかったために、なんとか受験できる高校は見つかったが。

ただし、受験先の女子高〝水流川女子〟、略してミナジョは遠くはないが近くもない。

電車で二〇分ほどもかかってしまう。

「雪季を満員電車に乗せたくねぇなあ」

「そうは言いましても……電車以外での通学は難しいんですよ」

「知ってるよ、バスとか自転車とかいろいろ調べたからな」

春太は、雪季のためなら何事も手間を惜しまない。

バスでの通学は可能だが、朝の通学時間帯はむしろ電車より混むくらいだという。

自転車で行けなくはないが、途中に交通量の多い大通りがあって危険なので論外だ。

「もちろん、私はお兄ちゃん以外にお尻触られたりしたらイヤですけど」

「当たり前だろ、雪季の尻に触れるのは俺だけだ」

「はい、今は外だからダメですけど、お家ならいつでも撫でていいですよ。ていうか、撫でてください」

「言われなくても」

兄妹としては、とても危険な会話だった。

実際、春太は雪季の尻くらいなら普通に何度も撫でている。

雪季の尻は長身の割に小ぶりで、ぷるんと柔らかく、スカート越しや下着越しでも充分にその弾力を堪能できる。

「まあ、尻はともかく……雪季の同中の女子で一緒に行ける子がいれば助かるんだがな」

「うーん、ウチの中学からミナジョを受験する子もいるとは思いますけど」

「仲良くないと、一緒に登校ってわけにはいかないか」

春太としても、雪季の同級生をガードマンのように扱うのも気が引ける。

「やっぱり、俺が一緒に登校するしかないかな」

「あのー、それだとお兄ちゃんがかなり遠回りになってしまいます」

「それに、雪季が早めに登校することになっちまうしなあ」

春太も、さすがに毎日遅刻（ちこく）するわけにはいかない。

雪季を送ってから、自分の学校に間に合うように登校するとなると――

当然ながら、朝早くに家を出なければならない。

「大丈夫（だいじょうぶ）ですよ、お兄ちゃん。私も子供じゃないんですから」

「子供じゃないから危険なんじゃないか？」

「そうとも言いますけど……女性専用車両だってあるんですし、気をつけますよ」

「うーん……」

春太は常々、雪季を甘やかしすぎているとは自覚している。

多くの女子高生が普通（ふつう）に電車で通学しているのだし、女性専用車両に乗れたら危険はかなり減るだろう。

「とりあえず、先送りにするか。どっちみち無事に受かってからのことだしな」

「不安があるみたいに言わないでください。お兄ちゃん、たまにデリカシーゼロになりますね」

「気にするな」

本当に落ちそうだったら、春太も言い回しには気をつける。

妹は気を遣（つか）いすぎたほうがプレッシャーになることも、兄はよく知っている。

「はぁ……早く受験をクリアして、ゲーム三昧の日々に戻りたいです……」

「言っとくが、ミナジョもそこまでレベル低くないからな？　高校になると勉強難しくなるから、頑張らないとヤバいぞ」

「ううっ……お、お兄ちゃんも高校上がってからもがっつりゲームしてるじゃないですか」

「俺はトップじゃないが、並よりは上だぞ。父さんだって成績見てるけど、俺がゲームばっかしてても文句言わねぇだろ？」

「うううっ……ママもパパからお兄ちゃんの成績表、写真で送ってもらって見てました。さすが、ウチの子は賢いですって感動してましたね……」

「あの二人、そんなやり取りしてたのか」

いつの間にか、春太の成績が闇で取引されていた。

離婚した両親も、没交渉というわけではないらしい。

実の息子でなくても、育ての母が自分のことを気にしてくれているのは嬉しかった。

「まあ……もう一人の子が賢くないので、感動してるんでしょうけどね」

「自虐に走んな。大丈夫だ、母さんには雪季の成績でも感動してもらう」

「えっ？　そ、それは私にスパルタで教えるという意味では……？」

「スパルタとはまた古い表現だな。大丈夫だ、俺は非効率的な教え方はしない。今日だって、息抜きさせてるだろ？」

「そ、そうですよね。お兄ちゃんは私に甘いですもんね」

「そのとおりだ。そして——遊びの時間は終わりだ」

「えええええっ⁉」

「冗談だよ。今日はめいっぱい楽しんでくれ。バイト代でふところもあったかいしな」

「今日は……？　明日からが怖いです……」

怯えられても、ここで手加減をするのは妹のためにならない。

春太がなにより最優先しているのは、雪季の幸せだ。

そのためなら、心を鬼にして当人を苦労させることも厭わない。

「さて、休憩終わり。次はなにして遊ぶかな」

「なんだか、素直に楽しめなくなってきました……」

雪季の目が死んでいる。

脅かしすぎただろうか、と春太は苦笑する。

もっとも、すぐに妹のご機嫌が直ることも知っているので、特に気にしない。

兄妹二人で、なにも考えずに休日の残りを楽しめるだろう——

第2話　妹は二人きりになったら我慢できない

春太と雪季は、たっぷりと遊び倒して帰宅した。

いい意味で忘れっぽい雪季は、明日からの不安を忘れて心から楽しんだようだ。

春太にとっても、今年のＧＷからの約半年は激動の日々が続いてきた。

ここでなにもかも忘れて、最愛の妹と遊び回って本当によかったと思う。

忘れてはいけないこともあるが――なにもかも抱え込んでいては、春太のほうがいつか潰れてしまう。

雪季の受験が近いのに、春太が潰れてしまうわけにはいかない。

「あれ？　車がありませんね？」

「本当だ。父さん、出かけてんのかな」

二人は家の前で立ち止まり、車がないことに気づいた。

桜羽家の自家用車は、一年の大半をガレージで過ごしている。

父親は電車通勤だし、日曜は面倒なのかあまり車で外出しない。

春太は十八歳になり次第、免許を取って妹の送り迎えに使うつもりなので、それまで我が家の車には現役でいてほしい。

「んーと……あっ、見逃してた。父さんからＬＩＮＥ来てた」

「お兄ちゃん……パパのＬＩＮＥ、雑に見すぎです」

「今日は松風とか、学校の連中から続けてＬＩＮＥ来てたんだよ。そっちに気を取られて、父さんのスルーしてた」

父からのメッセージを確認する。

友人が入院していると聞いて、見舞いに行ってくるらしい。

「晩飯までには帰るって。寿司でも買ってきてくれるってさ」

「買ってこなくても、私がつくるのに……」

「雪季の負担を少しでも軽くしたいんだろ。今日は疲れたし、ちょうどいいじゃないか」

「料理は負担にならないんですけどね。でも、お寿司は嬉しいです」

寿司は雪季の大好物なので、本気で喜んでいるようだ。

「マグロっ、イカ、ヒラメ、サーモン、赤貝、アワビ、海老、マグロっ、タイ♪」

「ハシャいでるな、雪季」

小さく踊りながら喜ぶ妹に、春太は思わず苦笑してしまう。

マグロ大好きな妹に、中トロと赤身は譲ってやろうと決める。

雪季は脂が濃い大トロよりも、あっさりした中トロと赤身のほうが好みなのだ。

子供の頃から、春太は自分が好きなものでも雪季の好物は譲ってきた。

さすがに妹に甘すぎると自分でも思うが、雪季の喜ぶ顔が見られるならとつい甘やかしてしまう。

「あ、春太くん、雪季ちゃん」

「え？　あ、こんにちは」

「こ、こんにちは」

兄妹は揃って頭を下げる。

声をかけてきたのは、近所の奥様だ。

「あらら、今日は二人でお出かけだったの？　相変わらず仲が良いわね」

「あ、あはは……」

春太は愛想笑いを浮かべてしまう。

奥様は、エコバッグを提げているところを見ると、買い物帰りらしい。

「いいわね、仲の良い兄妹って和むわー。ウチの子たちなんて、高校の頃は一言も口を利かなかったからね。三年くらい会話もしなかったんじゃないかしら」

「そ、そこまでですか？」

春太も、この奥様の子供たちは知っている。

確か二つ違いの兄妹で、今は二人とも大学生で、既に家を出ているはず。

春太たちには親切で優しいお兄さんとお姉さんだった。

「もー、家の空気がギスギスしててねー。春太くんたちみたいに仲が良いのが一番だわ」

「あはは、恥ずかしいっすね」

「照れなくていいのに。あ、お邪魔したわね。それじゃ」

奥様は上品に笑って去って行った。

揶揄しているわけではなく、春太たち兄妹を本当に微笑ましく思っているらしい。

「……雪季、ご近所さんなんだからもう少し愛想良くしたらどうだ？」

「す、すみません、大人の方は少し苦手で」

雪季は春太の後ろに隠れるようにして、挨拶以外は一言も発さなかった。

大人とやり取りするときは、兄に全部ぶん投げる妹だった。

「でも、あのお家がギスギスしてたなんて、想像もしませんでした」

「だよなあ。あそこの兄ちゃんと姉ちゃん、めっちゃ優しかったのに」

「そういえば、二人揃っているところは何年も見なかった気もしますね」

「人ん家のことなんて、他人からはわからんってことだな」

あの奥様も、春太と雪季の両親が離婚し、一時期雪季が離れていたことは知っていたはずだ。

それでも、あの奥様は桜羽家の家庭の事情には突っ込んでこない。

ご近所付き合いは、適度な距離が必要なのだ。

「おっと、そうだ……」

春太は門扉を開け、家に入る前にガレージを確認する。

カバーをかけた原チャリ——レイゼン号が、ちゃんとガレージの隅に置かれている。

中古とはいえ、安くない買い物だったので盗まれていないか気になってしまうのだ。

「お兄ちゃん、大丈夫ですよ。ロックもかかってるんですから」

「んー、わかってるんだけどな」

春太は苦笑しながら玄関に戻り、鍵を開けて家に入る。

雪季がドアを閉め、カチャッと鍵をかけたのと同時に——

「お兄ちゃん……♡」

「雪季っ」

春太は雪季の腰に手を回し、雪季も春太の首筋に腕を巻きつけてきた。

それから、二人は唇を重ね、ちゅっちゅっと何度もキスを交わす。

「んんっ……お兄ちゃ……んっ……♡」

唇をむさぼり合い、舌を激しく絡め、強く抱き合って——

「ふぁー……お兄ちゃん、玄関に入った途端、これですか」

「雪季も同時だっただろ」

「あはっ、バレてましたか」

雪季が、ニコッと微笑む。

外でデートを堂々と楽しむ兄妹ではあるが、さすがに人に見られるかもしれないところでキスまではしない。

知らない人が見れば、春太と雪季はただのカップルだろうが、念のためだ。

元からスキンシップの激しい兄妹だったが、雪季が引っ越し先から帰ってきてからはキスも当たり前になった。

朝のおはようのキス、出かける前のキス、帰宅してすぐのキス。

もちろん、寝る前にも。

いや、特に理由もなく、二人きりであれば自然と唇を求め合うようになった。

今のところ、キスして軽く身体を撫でるくらいで済んでいる。

以前に一度だけ、春太がバイクを飛ばして雪季を迎えに行った際に危なく一線を越えそうになったが、あそこまで際どい事態は一度も起きていない。

もっとも、春太はかなり危険な兆候があると自覚している。

春太が求めれば、この可愛すぎる妹は拒否しないことも理解している。

見たところ、雪季のほうはまだ兄妹のスキンシップが少し濃密になった程度だと思っているようだが——

春太のほうは、桁外れの美少女でスタイルも抜群の雪季とキスして、いつまで冷静でいられるか自信がない。

「お兄ちゃん、もう一回……♡」

「ああ……」

と、頷いたところで春太のスマホが、ポケットの中で振動した。

スマホは、いつでも良いところを邪魔するタイミングを図っている。

「……ちっ」

「どうぞ、お兄ちゃん」

雪季は微笑んで一歩引き、玄関ドアにもたれるようにする。

春太はスマホなど無視してもよかったが、雪季にそう言われると確認するしかない。

「……げっ」

「どうしたんです？」

「バイト先の先輩から。〝バイト一人欠勤。ワンオペにつき至急救援を請う〟……だとさ」

「ああ、あの女子大生さん。綺麗ですよね、あの人」

「見てくれだけはな」

陽向美波、女子大の二年生。

春太がバイトしているゲームショップ、〝ルシータ〟の先輩バイト店員にして、最古参でもある。

仕事は有能なのだが、その有能さを発揮するつもりがないのが困ったところだ。

雪季はこちらに戻ってきてから、何度か春太のバイト姿を見にきていて、そのときに美波の姿も見かけたらしい。

「見てくれだけいいのは、私も同じですよ」

「いや、雪季は性格も可愛い」

「それはそうなんですけど、あまり性格はウリにしてないんですよね」

「まあ、俺だけ知っていればいいことではあるな」

「そうです、そうです」

他人が聞けば、「なに言ってるんだこいつら」と思われること間違いなしの会話だった。

雪季も、春太の前以外では自分の可愛さを当然のことのように語ったりはしない。

「っと、一応返事はしないとな。頑張ってくださいね、って返しておこう」

「ダ、ダメですよ、お兄ちゃん。困ってるのなら、助けてあげないと」

雪季の性格は可愛いだけでなく、優しさもある。

「俺が頼られて助けるのは、雪季だけなんだがな」

「……本当にそうならいいんですけど」

じーっ、と雪季が意味ありげな目を向けてくる。

おまえは女に頼られたら断らないだろう、というような目だ。

いや、そこまで深い意味は込めてないかもしれないが。

「まったく、寿司が待ってるっていうのに」

「お寿司はちゃんと取っておきますから」

「ああ、俺の分の中トロと赤身は雪季にやるよ。新鮮なうちに食っとけよ」

「じゃ、お兄ちゃんが好きなウニとイクラと交換ですね」

「商談成立だな」

「はいっ♡」

ちゅっ、と再び唇を重ね、春太は雪季の尻を軽く摑んで引き寄せ、妹の唇を何度も味わう。

「……しゃーない、行ってくるよ」

「あ、少しだけ」

「ん？　どうした？」

雪季に呼び止められたら、少しとは言わずいくらでも付き合うつもりの春太だった。

「その……お墓参りの邪魔をしてごめんなさい」

「……まだ気にしてたのか。マジで、邪魔だなんて一ミリも思ってねぇって」

春太は笑って言った。

妹に気を遣ったわけではなく、本心だ。

雪季と一緒に行ってよかったと思う。

もし一人で行っていたら、母の墓前に立つ前に引き返していたかもしれない。

実の母はあまりに遠すぎる人で――

もしかすると、父の裏切りのせいで傷ついたまま亡くなったかもしれない人なのだ。

故人であっても、会うには少しばかり勇気がいる。

「それと、一緒に遊んでくれてありがとうございました。やっぱり、お兄ちゃん大好きです」

「……俺も好きだよ、雪季」

春太はまた笑って、妹の頭にぽんと手を置いた。

人一倍髪型にこだわる雪季だが、兄に頭を触られても嫌がったためしがない。

しかし――

大好き、なんて言えるうちはまだ子供だな――春太はそう思ってしまう。

「じゃあ、そろそろ行くよ」

「引き留めてごめんなさい。バイト、頑張ってください」

せっかくの日曜、憂鬱だった用事も済ませてたっぷり遊んできたところだというのに。

予定外の労働で、まだ今日という日は続いてしまうようだ。


「お疲れでーす」

「サク、おっつー」

「……ちょっと待ってください。美波さん、なんで裏にいるんです？」

桜羽家からもっとも近いショッピングモール、〝エアル〟。

その一角にあるゲームショップ、〝ルシータ〟。

新品のゲームソフトも取り扱っているが、メインは中古ソフトの販売だ。

バックヤードに更衣室はなく、裏口から入った部屋が事務室で更衣室で休憩室になっている。

長いテーブルが置かれ、パイプ椅子がいくつかある。

そこに、一人の女性が座ってスマホをいじっている。

セミロングの赤い髪に、左耳に白いピアス。

口元にはやたらと色っぽいホクロがある。

服装は黒いハイネックセーターに、ミニの白いタイトスカート。

その上に、〝ルシータ〟のロゴが入ったエプロンを着けている。

「今、ワンオペなんでしょ？　表には誰が出てるんです？」

「家族サービス中だったテンチョーがいるみたいだね」

「こらこら」

店のフロアへのドアを少し開けると、確かに店長がレジに立っている。

いつもワイシャツにズボン、ネクタイをきちんと締めているのに、今日はラフなセーターにジーンズだ。

確かに、いかにも休日スタイルのパパという感じだ。

春太(はるた)は、そっとドアを閉じると。

「……店長は可哀想(かわいそう)ですけど、だったら俺、来なくてよかったんじゃ？」

「ほら、さっきのＬＩＮＥ、お店のＬＩＮＥグループに送ったじゃん？　それ、テンチョーも見て、駆(か)けつけてきたんよ」

「俺が行くって返事したのに……」

「美波とサクだけだと、二人でイチャイチャしちゃうと思われてんのかな？」

「店でイチャついたことなんてないでしょ！」

「その言い方だと、お店以外でイチャついてるかのようだね」

「……失言でした。店長、心配性(しんぱいしょう)すぎますね」

「ホントに気が小さいよね。道楽でやってる店なのに」

「ど、道楽でやってるんですか、この店？」

「あれ、知らんかった？　店長、親から受(う)け継(つ)いだアパートとかマンションとかいくつか持ってるらしいよ」

「優雅(ゆうが)な話っすね……」

店長は、世界一有名な配管工に似ている四十代ヒゲヅラの男だ。

その店長が、資産家だとは知らなかった。

「っと、そんなこと話してる場合じゃないっすね」

春太はもう一度フロアへのドアを開けて、小声で店長に話しかける。

「お疲れさまです、店長。俺、来たんであとは美波さんとやっておきますよ」

「え？　いいの？　桜羽くんもシフト入ってないのに悪いなあ」

振り向いた店長は、そう言いながらもニコニコと嬉しそうだ。

今ならまだ、家族サービスにも戻れるのだろうか。

「それじゃ、レジをお願い。陽向さんをちゃんと見張っておいてね」

「いつもそうしてます」

「なんて頼もしい……この店は、いつか桜羽くんに継いでもらおうかな」

店長は真顔でそう言って、バックヤードへ戻っていった。

継ぐどころか、俺が高校卒業するまでゲーム業界の荒波を乗り越えてこの店は存在してるんだろうか？

春太はそんな失礼なことを考えながら、レジについた。

「ていうか、お客さんゼロじゃねぇか……」

店内は見事にがらーんとしている。

考えてみれば、日曜の夕方にゲームショップに来る客がそういるはずもない。

この時間のシフトにはあまり入ったことがないので、春太は気づいてなかった。

「サク、ぼーっとしてないでお客さんいないなら、やることあんでしょ」

「……じゃ、レジお願いします、美波さん」

美波がフロアに出てきて、ぽんと春太の背中を押してきた。

レジに店員が張り付いている必要もなさそうだが、二人でレジにいても仕方ない。

春太は店内を見回りながら、棚の商品を軽く整理などしてみる。

といっても、たいして在庫に動きはなかったようで、商品の並びも綺麗なものだ。

これはマジで卒業どころか一年後すら怪しいぞ、と春太は不安になる。

この店のバイトは時給こそ安いが、ゲーム好きの春太には働きやすい職場だ。

店長は良い人だし、他のバイト店員たちもたいてい親切だ。

美波も美人で、見てる分には楽しいし、仕事はできるし、性格以外に問題はない。

「んー……あっ！　これって！」

ふと、春太は棚を見ていてとある商品に目を留めた。

それを手に、レジへと戻る。

「あの、美波さん」

「商品をこっそりヌくなら、美波に見えないようにやれば？」

「一発クビじゃないですか。そうじゃなくて、これ買っていいっすか？」

「うん？　またふっるいソフトだね。こんなもん買うの？」

「レトロゲーマーの美波さんには言われたくないですよ」

春太は美波の部屋に遊びに行ったことがあるが、聞いたこともない古いゲームが山積みになっていた。

「ちっちっ、そんな懐古厨みたいに言われちゃ困る。美波は、最新のゲームもちゃんと遊んだ上でレトロゲーと比べて〝最近のゲームはなー〟ってツイッタでボヤいてんの」

「なんて厄介な」

もっとも、最新ゲームもしっかり遊んでいるのはゲーマーとして正しい姿だ。

いや、正しいも間違っているもないが、古今東西のゲームをこだわりなく楽しんでいるゲーマーが春太には好ましい。

「えーと、なんだっけ？　初代『ストバス』か。十年くらい前のゲームじゃない？」

「ウチで初めて買ってもらったゲームなんですよ」

「ふーん。これ、ハードはあるの？」

「ありますよ。壊れてなければ」

「持ってるんだ。〝Vii V〟は壊れにくいって言うし、大丈夫じゃない？　まだ修理受付もしてたはず……んー、ウチには中古の在庫ナシか。あれ、今でもけっこう高値つくんだよね。どう、サク、ハードが生きてるならウチに売らない？」

「商売始めないでくださいよ。思い出のハードなんで、売れないですね」

「ふっ……青いな。思い出なんて物理的なスペース不足の前には無力なんだよ」

「部屋のスペースを物で埋めてる人に言われても。で、これ買っていいんですか？」

「いいよん。テンチョーになんか言われたら、美波さんには内緒で買ったって言っときや」

「後輩をかばう気持ちは一ミリもないっすね」

実際のところ、店長からはほしいゲームがあれば好きに買っていいと言われている。

ルシータの店長は商売っ気が薄い。

「ウチの妹が昔ハマってたんですけど、持ってたヤツは俺が無くしちゃって」

春太は、それで雪季とケンカしたことを思い出す。

幼い頃から、ほとんどケンカしない兄妹なので、珍しいことだった。

「たまに探してはいたんです。まさか、ウチの店で見つけるとは……」

「うーんと、昨日、買い取りで入ったみたいだね。初代ストバスは廉価版は山ほど売ってるけど、通常版はあんま見ないんだよね」

「そうそう、しかも通常版と廉価版でパッケが違うんですよね。通常版のこれがいいんです」

雪季は通常版のパッケージがお気に入りで、ハマっていた時期は学習机に立てかけて飾っていたほどだった。

春太がこっそり持ち出して無くしたときは、妹のショックは大きかったようだ。

泣きながら怒られてしまい、春太もショックを受けたものだ。

「そういや、この前店に来てたね、妹ちゃん。あの妹ちゃんへのプレゼントかー。そりゃ、物をやってご機嫌を取りたくなるのもわかるよ。クッッッッソ可愛いもんね」

「言葉遣いに少し気をつけてはいかがですかね」

この先輩バイトも、見た目だけならクソ可愛いのだから。

「お客さんの前では、気さくで清楚なお姉さん店員だからいいんだよ」

「…………」

残念ながら、そのとおりなのが困る。

多くの常連客が、美波がレジにいる時間を見計らって来店している節がある。

「別に妹の機嫌を取ろうってんじゃないっすよ。今、受験で頑張ってるんで、行き詰まったあたりでこれをあげたら、いい気分転換になるんじゃないかと」

「それをご機嫌取りって言うんじゃない？」

「……言いますね」

だが、中古ソフトは一期一会、今を逃せば出会えない。

二九八〇円と、十年前のゲームにしては高いが、仕方ない。

「しっかし、いいなあ、サクは。あんなクッ——可憐な妹さんがいらして」

「意外と語彙力ないっすね。まあ、ウチの妹は可愛いですよ」

妹、という単語には今は思うところがありすぎるが、こう言っておくしかないだろう。

「ズバっと妹の容姿を褒められるのも凄いね。あの子、髪も顔も大人っぽいし、背も高いけど、中学生っぽくないかって言われるとそうでもないんだよね。どっか幼さが残ってて、それもきちんと可愛さに繋がってるっていうか」

「説明、長いですよ。まあ、言わんとしてることはわかりますが」

雪季は背が高く、大人びた美少女だが、〝可愛い〟という形容詞もきちんと似合う。

どこか不完全さがあって、そこが可愛いのだ。

「……そうだ、サク。妹さんの写真ってある？」

「そんなにないですよ。まだ三ケタです」

「四ケタに届く可能性があるんかいっ！　サク、カノジョでもそんなに撮らないよ！」

「そ、そうっすかね……」

春太は、周りを確認する。

客がいないのはわかっているが、レジ前で店員が雑談をしているところを見られるのはまずいので、つい気にしてしまう。

「でも、なんで写真？　悪巧みしてないでしょうね？」

「ふっふっふ、さぁてどうでしょう？」

悪い顔をつくるのが上手い先輩だった。

ただ、春太も、美波がろくでもない先輩であっても、悪人でないことは知っている。

「友達で読モやってる子がいるんだけどさ、最近は事務所のマネージャーみたいなこともやってて」

「ちょっと待ってください、雪季をモデルにしようってんじゃないでしょうね？」

「ダメ？」

「知らない大人たちの前で写真撮られるなんて、絶対無理ですね」

雪季は大人びた美貌の持ち主で、しっかりしているように見られがちだが、人見知りだ。

見た目だけならモデルの資格充分だとしても、性格的に不可能だろう。

「そっか、残念。その友達、可愛い中高生はいくらいても困らないって探し回ってるんだよね」

「話だけ聞くと、やべー人みたいっすね……」

可愛い女子中高生を探し回っているなど、犯罪の臭いしかしない。

「そうだ、あの黒ロンロリ巨乳のカノジョはどうしたん？」

「あいつはモデルより、歌の女ですよ」

「そういや、ギター持ってたね。サク、あの子とよくここの駐輪場で落ち合って乳繰り合ってたのに、最近見なくない？」

「……乳繰り合ってはいませんよ。駐輪場を待ち合わせ場所にもしてないし」

おそらく、美波が春太と晶穂の姿をセットで見たのも一度か二度だろう。

だが、確かにここ最近は晶穂とは外で会っていない。

「可愛い妹が帰ってきて嬉しいのはわかるけど、カノジョをほったらかしはまずいよ」

「ほったらかしにしてるわけでは……」

「妹はどうなろうと妹だけど、カノジョと別れたら、自分好みの女が次の男に行くところを指をくわえて見てることになるんだからね？」

「イヤな話をするなあ……」

ただ、妹はどうなろうと妹——

その言葉は、今の春太には心臓を止めるほどにキツい一撃となる。

自分好みの女。

それもまた、事実。

あんな強烈なネタバラシがあったあとでも、晶穂を少しも嫌いになれないのは、彼女のことが好きだからなのかもしれない。

月夜見晶穂——春太は、彼女と向き合わなければならない。

それをわかっていても、あのときのことを思い出すとまだ勇気を出せそうにない。

【Flashback】

「おまえは……全部知ってて……」

「だから、なに？」

彼女は鋭い目で睨みつけてくる。

「なに、じゃねぇだろ！　俺とおまえは——それを知ってて、なんであんなことを！」

「大丈夫でしょ。ちゃんと毎回着けてたじゃん。そりゃ一〇〇パーじゃないけど、可能性はほとんどゼロだよ」

「そ、そういう問題じゃない！」

「じゃあ、どういう問題？　ハルはフラフラ流されちゃうヤツだけど、いい加減な気持ちであたしとしたの？」

「……知っていれば」

間違いを犯すことはなかった、と言いかけて春太は口をつぐんだ。

彼女との——晶穂との間に起きたことを〝間違い〟と言うことはできなかった。

少なくとも、本人に対して面と向かっては。

「晶穂……確かめさせてくれ。おまえは全部知ってたんだな？」

「なにが全部なのかは知らない。けど、ハルとあたしの血の繋がりは――知ってた」

「おかしいだろ……おかしいだろう！」

正直なところ、正気とは思えなかった。

「ハルには言われたくないな。あんたと雪季ちゃんの仲だって、充分おかしかったよ。程度の問題なの？　イチャイチャするだけなら、別に問題なかったとでも？」

「…………」

晶穂はまだ、春太と雪季が実の兄妹ではないことは気づいていないようだ。

確かに、すべてを知っているわけではないらしい。

だが、春太は雪季とは一線を越えていない。

血が繋がっていないことがわかったあとでも、ギリギリのところで踏みとどまった。

それが晶穂とのあやまちの言い訳にはならないことも――春太は理解している。

「俺がおかしいのはわかってる。けど、晶穂。おまえは――どうして」

「どうして？　どうしてってつったの？」

晶穂は、今にも殴りかかりそうな目をしている。

だが、彼女は暴力を振るうタイプではない。

「ハル、見損なわないで。あたしが好きでもない男とあんなことすると思ってんの？」

「好きって、俺はおまえの……！」

「そうだよ。でも、言ったでしょ。〝こんなつもりじゃなかった〟って。それでも、止められないことってあるんだよ」

「…………」

黙るべきではなかった。

たとえ嘘をついてでも、晶穂に反論し、彼女が間違っていたことを——

自分と彼女が間違ったことをわからせるべきだった。

それでも、言葉が出てこなかった。

もしも、春太のほうも真実を先に知っていたなら——

そんな仮定は無意味だし、知っていても自分が踏みとどまったかと言われると一〇〇パーセントの自信はない。

「好きなんだよ、ハル」

ぽつりと晶穂がつぶやいた。

その言葉が嘘だとは、春太にはどうしても思えなかった。

第3話　妹は家で待っている

春太はバイトを終えて、店を出た。

美波はレジを締めて、戸締まりもするらしい。

そのあたりの売上金や防犯が絡む重要な仕事は、春太にはまだできない。

バイトとはいえ古参で優秀な美波だからこそ、店長も大事な仕事を任せているのだ。

おそらく、春太と美波で時給は大差ないだろうに、大変なことだ。

あの女子大生の面倒な性格くらいは、大目に見るべき――

と思いつつも、振り回されるのも勘弁と思っている。

「さ、帰るか……」

八時を過ぎているので、父親もさすがに帰宅して、雪季と寿司を食べ終えているだろう。

ウニとイクラと、可愛い妹が待っている。

「…………」

そう、待っているのに。

春太はふと、ついさっきの美波との話を思い出した。

別に今日である必要はない。

だが、いつまでも先送りにできないことでもある。

春太は駐輪場でレイゼン号を引き出してから、スマホをささっと操作した。

操作を終えるとポケットにしまい、ヘルメットをかぶってレイゼン号を発進させる。

家とは反対方向、何度か通ってすっかり慣れた道をしばし走って――

「うっす、ハル」

「……こんばんは、晶穂」

三階建てのこぢんまりとしたアパート。

その前に、小柄な少女が立っていた。

上はだぶっとした黒いパーカー、下はタイトなスキニージーンズ。

パーカーのフードをしっかりとかぶっているのは、寒さ対策だろうか。

さすがにもう、上着なしでは厳しい季節になっている。

「なに、〝こんばんは〟って。他人行儀だね、ハル」

「それ、笑ったほうがいいのか？」

春太と晶穂は他人ではない。

主に、二通りの意味で。

「笑うかどうか、あたしの許可はいらないでしょ？　それより、夜中に家を訪ねてくるなら、もうちょっと早く断り入れてよ」

「悪かったよ。今日は、急にバイトが入ったんでな」

「ふーん、美人女子大生のお願いには弱いか。ハルは女に翻弄されるタイプだね」

「経緯を一瞬で読むな、怖ぇよ。つーか、一番翻弄してるのはおまえだよ」

「そうかなー。真夜中に十時間もバイクで走らせる雪季ちゃんが一番じゃない？」

「九時間だよ。あいつが俺になにをやらせても、翻弄とは言わねぇ」

「むしろハルが尽くさせていただいてるって？　相変わらずお甘いことで」

くすくすっ、と笑う晶穂。

「っと、こんなとこで話してて大丈夫なのか？」

「あー、ウチの魔女？　大丈夫、昨日からどっか地方のイベントで出張中だよ」

「……日曜に大変だな。イベント会社に勤めてるんだったか」

魔女、というのは晶穂の母親のことだ。

三十五歳らしいが、十歳以上は若く見え、年齢不詳で妖艶な雰囲気が――まさに魔女と表現するにふさわしい。

「オヤジは……知んない。でも、日付が変わる前に帰ってくることはないね」

「ふぅん……オヤジ、か」

晶穂の父親と母親――

春太はその二人にまったく興味がないと言ったら嘘になる。

いや、今は雪季を除けば世界でもっとも興味がある二人と言ってもいい。

「月夜見秋葉と、その婿だよ。ウチの母は苗字を変えるのがめんどいから、父に婿入りさせたらしいね」

「けっこうなことだな」

夫婦の苗字については、どうでもいい。

だが、一つ疑問も解けた。

春太の父親が晶穂の苗字を口に出したのは、晶穂の母の苗字が昔と変わっていなかったからというわけだ。

「よかったら、家上がる？　狭いから恥ずかしいけどね」

「家が狭いのは晶穂のせいじゃない」

「母のせいだね。あの女、若い頃からこのアパートに住んでるんだよ。正確には、あたしが生まれたから同じアパートの1LDKから2LDKに引っ越したらしいよ。ズボラだなあ」

「合理的とも言うな」

2LDKの家に、家族三人で暮らしているのか。

春太は、確かに少し狭そうだと思ってしまった。

「小さい頃は、ハルん家みたいな一軒家が羨ましかったなー」

「俺ん家だって、全然広くねぇよ」

家族四人で暮らしていた、慎ましい一軒家だ。

今は母が出て行ったし、春太と雪季が別々の部屋になったので多少広くはなっているが。

母が家を出たことも雪季とは別の部屋になったことも、春太には喜ばしいことではない。

「それで、ハルは今日はなにしに来たの？　顔だけでも見たかったとか？」

「それもあるけどな……」

「あ、そっか。ごめん、ごめん、気づかなくて」

晶穂は、ぽんぽんと春太の肩を叩いてきた。

「男の子だもんね、もうけっこう長いことご無沙汰だったっけ」

「は？」

「雪季ちゃんの引っ越しだの、文化祭だので忙しかったもんね」

「だから、なにを言って……」

「んじゃ、ヤろうか。ウチはアレ常備してないけど、まあ今日はいいよ」

「……ヤるわけないだろ」

春太は、なんとかそう答えるのが精一杯だった。

まさか、冗談でも晶穂がそんな誘いをかけてくるとは夢にも思っていなかった。

「俺も話、父さんから少し聞いたよ。晶穂がどこまで知ってるのかは――」

「あたしもそんなに詳しいわけじゃない。親が子供に話すようなことじゃないでしょ？」

「でも、おまえは俺よりは知ってた」

「そう、ハルよりは知ってた」

「なのに——なんでだよ」

「やっぱ、家上がったら。こんな話、さすがにあたしもご近所さんに聞かれたくないよ」

「…………」

珍しく苦笑した晶穂の言葉に、春太は黙って頷いた。

確かに、万が一にも人に聞かれては困る話だ。

父の裏切りと、その結果生まれた子供の話は——


春太もわかっている。

晶穂には、罪はなにもない。

そう、なにもないと言っていいと、少なくとも春太はそう思う。

なにもかもわかった上で、春太とそういう関係になったとしても——

それを罪だと断定できるほど、春太は傲慢にはなれない。

「悪いね、散らかってて。リビングでいいよね？　それともあたしの部屋に行って、ベッドをくんかくんかしたい？」

「リビングでけっこうだ」

春太は晶穂の軽口をスルーする。

今、彼女と漫才をするほど精神的余裕はない。

初めて、〝カノジョの家〟に上がったのだから。

「よっ、と……」

「って、おいっ。なにしてんだ⁉」

晶穂はリビングに入ると、当然のようにジーンズを脱ぎ捨てた。

「おっと、いつものクセで。家でズボンなんかはいてられないからね」

晶穂のパーカーは裾が長いが、少しめくれていて、その下の水色の縞模様パンツがちらりと見えている。

「でも、今さらあたしのパンツくらいどうでもいいでしょ」

「どうでもよくはねぇよ……」

縞パンと、そこから伸びる白い生足。

これをどうでもいいと言えるほど、春太は女子に慣れていない。

「雪季ちゃんだって、家の中じゃこんなもんでしょ？」

「あいつは常にオシャレを忘れないからな。家でもきちんとした服着てるよ」

「へぇ、気合い入ってるねえ、あの子」

晶穂は本気で感心しているようだ。

もっとも、雪季が自宅でも服装の気合いを抜かないのは事実だが、ミニスカートを好むので、春太の前では頻繁にパンチラしている。

「ま、いいじゃん。またはき直すのもめんどくさいし。ぶっちゃけ、パンツ見せるより散らかったリビング見せるほうが恥ずかしいね」

「……そうでもないだろ」

晶穂が言うほど、リビングは散らかっていない。

元から物が多くないのだろう。

おそらく食卓でもあるテーブルに、座椅子が二つ。

40インチくらいの液晶ＴＶの両側には、立派な外付けスピーカーが置かれている。

晶穂は座椅子を一つ引き寄せて、そこに座った。

春太は、リビングの床に腰を下ろす。

「晶穂の家にもいいスピーカー、あるじゃないか」

「ハルん家にあるヤツのほうがずっと高級機だよ。これは、魔女が仕事の映像をチェックするために買ったヤツだね。ライブ映像とか、家でも確認してるから」

「ふーん、そんな仕事までしてるのか」

晶穂はギターが得意で、ＵＣｕｂｅにも歌動画を投稿している。

だが、親が音楽活動に理解がないと嘆いていた。

むしろ、晶穂の母は音楽業界の人間なのに、娘の音楽は聴きたくないらしい。

仕事で音楽に関わっていて、家に帰ってまで聴きたくないというのは春太にも理解できないでもないが。

「あ、それで思い出した。動画編集、ありがと。顔出しバージョンと、謎のロック女バージョン、どっちがいいか考えて投稿しとくよ」

「俺は謎バージョンをオススメする」

先日の文化祭で、軽音楽部所属の晶穂は演奏を披露した。

合計三曲をソロでボーカルとギターを担当し、圧倒的な歌唱力と演奏、それにエロ可愛い姿で生徒たちをおおいに沸かせた。

そのステージの映像を春太が編集し、彼女に渡したのだ。

映像は来年の新入部員勧誘で使われる予定だが、Ｕ　Ｃｕｂｅｒでもある晶穂は動画をネットでも公開するつもりらしい。

今のところ晶穂は顔を出さずに〝謎のロリ巨乳Ｕ　Ｃｕｂｅｒ〟として活動しているが、正体がバレるのは多少の危険がある。

学校に連絡されると、教師たちがどんな反応をするかわからない。

さらに、晶穂は胸が大きくスタイル抜群の美少女なので、変質者の標的になりかねない。

「なんか、あたしのこと心配してる？」

「あのな、しないわけがないだろ」

春太は、きっぱりと言い切った。

晶穂には理解不能なことが多すぎる。

それでも、今のところカノジョとして付き合っている相手であるし、普通に女の子として心配くらいはする。

それはそれ、これはこれなのだ。

「そう、ありがと。あんま人に心配されることってなかったから、ちょっと新鮮かも」

「晶穂が気づいてなかっただけじゃないか？」

少なくとも、例の一件はともかく、春太は晶穂を好ましく思っている。

雪季のもとへ向かって夜にバイクで走り出した春太のために、助けを呼んでくれたことも忘れていない。

「どうかな……っと、これ邪魔だね」

「ん？」

晶穂がパーカーのフードをぱっとはねのける。

黒いロングの髪がさらりと流れ落ち――

「え？　晶穂、髪にメッシュ入れたのか？」

「そ。やっぱ、ロックだからね、あたしは。どう、よくない？」

晶穂はニヤリと笑って、髪を一房つまんでみせた。

長い黒髪をいろいろな形で結んだり、以前から晶穂は髪型のバリエーションは多い。

だが、カラーはずっと入れていなかった。

いつの間にか、黒髪ロングの左側にピンクのメッシュが一筋入っている。

「実は今日、美容院でやってきたんだよ。人に見せるのは、ハルが初めてだね」

「そりゃ光栄だな。普通の黒髪も似合ってたのに」

「いきなりダメ出し？　黒ロンも需要多いけど、カッコよくしたかったんだよね。学校行ったら、怒られるかな？」

「ピンクはちょっとな」

春太と晶穂が通う悠凜館高校には、茶髪くらいは普通にいる。

だが、進学校でもあるので、極端に派手な髪の生徒は見かけない。

オシャレよりも勉強に打ち込む者のほうが多いからだ。

「ま、いいや。怒られたらそのとき考えよう」

「おまえ、問題を先送りにするのやめないか？」

呆れつつも、春太は晶穂の突然のイメチェンを深読みしてしまう。

なにか心境の変化があったのか――あってもおかしくない出来事は確かに起きた。

だが、本当にただのオシャレかもしれないし、深掘りはしづらい。

「ロック女は刹那的に生きるんだよ。過去は不要。先のことも考える必要はない。ノーフューチャー上等！」

「都合良くロックを利用すんな。いや、真面目な話をしよう、晶穂」

「なに、お兄ちゃん？」

「……右から左に抜けてるのか？　お兄ちゃんはやめろ」

晶穂が冗談で言ったことはわかっても、つい口調がキツくなってしまう。

「わかった、ごめん」

「いや……悪い、俺も言い方がよくなかった」

晶穂にあっさり謝られて、勢いを削がれてしまう。

どうも、春太は晶穂が相手だとペースが摑めないようだ。

摑めない相手だからこそ、彼女に惹かれたのかもしれない――そんなことを春太は思ってしまう。

そう、晶穂と付き合い始めたのは勢いや成り行きもかなりあったが、惹かれていなければ付き合っていなかった。

だが、もうただの彼氏彼女の関係ではいられない。

まずはなによりも、現実を受け入れ、真実を認識するべきだ――

「話を整理していこう。まず一番のポイントだ」

「理屈っぽいなあ、ハルは……」

「いいから、聞いてくれ。俺と晶穂は、血が繋がった兄妹だ。それは間違いないんだな？」

「間違いない。ＤＮＡ鑑定でもしとく？」

「それはちょっと考えてる。検査代は安くねぇけど、バイト代をつぎ込めばできなくはなさそうだ」

ネットで検索した程度だが、検査自体は普通に受けられるようだ。

しかも精度もかなり高いようで、血縁があればほぼ確実に判明するらしい。

もちろん、検査をするなら信頼の置ける研究機関などに依頼するべきで、費用が高いのは仕方ない。

「ちゃんと調べてあるわけだ。優等生だね、桜羽くんは」

「だから茶化すなって。俺たちは血が繋がってる――けど、腹違いだ」

春太は精一杯、冷静に話をしている。

どちらかといえば、自分は感情的なほうだと思っていた。

なにしろ、なんの確証もないのに妹が危機に陥っていると気づいた途端、夜中にバイクで走り出すような男だ。

あんな事実を聞かされて、冷静でいられるはずもないと思ったら――意外に晶穂を前にしても落ち着いている。

血の繋がりを言葉で説明されただけで、なにも実感がないせいだろうか。

「腹違い、か」

晶穂は、ぽつりとつぶやく。

「ねえ？　〝腹違い〟なんて、普通はドラマか映画でしか聞かない単語だよね」

「俺より先に、晶穂はその単語を聞いてたわけだな」

「いくつのときだったかな。小学校に上がる前だから、四、五歳くらいだと思う」

「……は？　思ってたよりずっと早ぇ」

春太は、ぎょっとしてしまう。

晶穂が母親から出生の秘密を聞いたのは、せいぜい中学生以降かと思っていた。

「そんな小さい子供に話すようなことか？」

「魔女は――ウチの母は普通じゃないからね」

くすくすと晶穂は笑っている。

魔女だのなんだの言っているが、晶穂は母親を嫌っていない。

なんとなくだが、春太にはそう感じられる。

「なんか、公園で男子どもにイジめられてたんだよね」

「は？　晶穂が？」

「そうじゃない。女の子がイジめられてると思ったら、いきなり男の子が一人現れてさ。もう、イジめてる奴らをボッコボコ。まだ小学校行ってないくらいの小さい子だったのに、四人くらいの同い年の子供らをマジで叩きのめしてたよ。んで、泣いてる女の子をよしよしって撫でてあげてた」

「……待て、それって」

「お母さんがさ、教えてくれたんだよ。『あの男の子、晶穂ちゃんのお兄ちゃんだよ』ってね」

「おい…………」

そのシーンには、覚えがある。

いや、正確には春太は忘れていた。

両親から離婚を告げられた日の夜、雪季と公園に行ったときに妹が思い出として語った話。

公園で遊んでいた雪季が、数人の男の子にイジめられているところに春太が現れて、妹を助け出した――

雪季は〝お兄ちゃんが追い払った〟としか言っていなかったが、どうやらかなり暴力的に解決していたらしい。

あるいは、晶穂の話は雪季の思い出とは別物かもしれない。

同じようなことが二度以上あったのか、あるいは晶穂と雪季の記憶に間違いがあるのか。

細かい違いはともかくとして——

「おまえ、そんな小さい頃から俺を知ってたのか……」

「たぶん、公園でお母さんに教えてもらったときは、〝お兄ちゃん〟の名前も知らなかったと思う」

「……晶穂の母親は、なんでわざわざ俺のことを教えたんだ？」

「さあ……詳しくは覚えてないんだよね。なんで公園に連れて行かれたのか、兄がいるって知って自分がどう思ったのか」

「まあ、小さかったんだしな……」

やはり、春太は自分では覚えていない。

春太には、ささやかすぎる出来事だったのだろう。

「あ、もう一個覚えてんだよね」

「ん？」

「そのときは、お母さんいなかったと思う。一人で迷いながら、〝お兄ちゃん〟がいる公園に行ったんだよね」

「この家から？　けっこう距離あるぞ……」

春太は、まだ小学校にも上がっていない——幼い晶穂の姿を想像する。

そんな年頃の子供が、この月夜見家から桜羽家の近所にある公園まで歩くのは、かなり大変だったはずだ。

「けっこうふらふらしてる子供だったんだよ。で、もう疲れ切って公園に着いてみたら」

「俺、いたのか？」

「いたいた。ブランコに乗って、一回転させようとしてるのかってくらい高く漕いで、最後には凄い勢いで飛び降りてたよ」

「……そんな馬鹿をやってるところを見られてたのかよ」

一時期、春太はブランコからどれだけ遠くまで飛べるか、友人たちと競っていた。

子供らしい、楽しくも危なっかしい遊びだ。

それも、雪季が語っていた思い出だ。

どういうわけか、妹とこの〝妹〟は同じ思い出を大事にしているらしい。

春太には悪い冗談のように思える偶然だった。

「ホント、お馬鹿なハルタローだったね」

「なんで松風みたいな呼び方なんだよ」

「まあ、お馬鹿だったけど、ちょっと楽しそうで羨ましかったな」

「……おまえ、マネはしなかっただろうな？」

「あたし、これでも運動神経はいいんだよ」

「……まあ、今生きてるんだからいいんだけどな」

どうやら、幼い晶穂は悪い見本をマネしてしまったようだ。

春太も運動能力にはそれなりに自信がある。

一方、雪季は自他共に認める運動音痴だ。

そして、晶穂も運動神経は抜群だという。

言われてみれば、先日の文化祭のステージでも軽やかに走り回っていたので、事実だろう。

血が繋がった妹と、繋がっていない妹。

たかが運動神経のことだが、それでもその違いを感じずにはいられない。

「話を戻そうか。もちろん、ウチのお母さんがあたしを騙してる可能性はあるよ。ううん、あった……って言うべきかな？」

「ウチの親父がダメ押ししやがったからな」

春太が話を聞いた限りでは、父は晶穂が娘だということは否定できないようだった。

子供ができる覚えがあり、他にも父親と晶穂の母だけが知っている事実があるのかもしれない。

「実の父親だからって、あたしと音楽の趣味が合うとは思ってなかったよ」

「そういえば、晶穂……ウチの親父に会いたがってたよな？」

晶穂は、桜羽家のプレイヤーとスピーカーで熱心に音楽を聴いていた。

仮に桜羽家に上がり込むための方便——であったとしても、晶穂が音楽好きなのは事実だ。好きだからこそ、歌やギターがあれだけ上手いのだろう。

「パパって呼びたい、なんてキモいことは考えてないから安心して」

「当たり前だ、あんな親父でも〝パパ〟って呼べるのはこの世に一人だけだ」

「ま、会ってみたいって気持ちは正直あったよ。ハルは子供の頃に見てたけど、父親のほうはこの前のがファーストコンタクトだよ。顔を見るのは、あれを最初で最後にしてもいい」

「……いいのか？」

「音楽の趣味が合う人と、桜羽家のスピーカーは惜しいけど、父親にはそんなに興味ないかな。おじさん趣味じゃないし」

「そういう問題じゃねぇだろ……」

「でも、ハルのことは趣味に合った」

「…………」

「お兄ちゃんだっていうのを置いといても、ぶっちゃけあたしのタイプなんだよね」

「タイプ……？」

春太はまったくモテないというほどでもない。

近くに松風というモテ要素のかたまりがいるので、どうしても存在感は薄いが。

「背が高くて、顔があんま濃くなくて、しっかりしてるようでちょっと抜けてる男。なんだろうね、これ。我ながら、変なのが好みみたい」

「………」

ウチの父親も同じタイプだ――と言いかけて、春太は口をつぐんだ。

母と娘で好みも似ているらしい、というのは冗談としてもきわどい。

「ま、いろいろあるけど、仲良くやっていこうよ。ハルも、あたしみたいなの、タイプなんでしょ？」

「まとめんなよ。仲良くっていってもな……」

あまりにも関係が普通ではなさすぎる。

既に一線も越えている彼氏彼女で、しかも血が繋がった兄妹――

むしろ、仲良くするのを即刻やめなければならないのではないか。

好みかどうかと言われると、否定できない。

春太も、好みでもない女子と付き合うほど飢えてはいないからだ。

「あたしは倫理とか常識とかあんま気にしない。ハルが気にするのはわかってる」

「結局のところ、俺はどうすりゃいいんだろうな」

「それが訊きたくて、ウチに来たわけだ」

晶穂は苦笑すると、春太のそばに密着して座った。

「んっ」

「お、おい……」

それから、当たり前のようにキスしてくる。

ちゅっ、と柔らかな感触が伝わってきて――

まるで、ファーストキスのときのようでもあった。

「あたしが言うのもなんだけど、もう少しだけこのままで。別にヤれとは言わないから、もうちょっとカノジョとして付き合わせてよ」

「ま、待て待て、本気で言ってんのか？」

危険なのは、身体の問題だけではない。

そもそも、春太と晶穂に接点があること自体が危険な気がしてならない。

春太と晶穂の関係を知っているのは、今のところ本人たちと父親。

それと、当然ながら、もう一人――

「ただいまー！」

「………………っ！」

春太は、びくりと震えてしまう。

玄関のほうから聞こえてきた女性の声が誰なのか、一瞬でわかった。

「ちょっと、晶穂ちゃーん。雨降ってきちゃった。タオル持ってきてー！」

「……待ってて、ハル。カレシと二人でいるときに親が帰ってくる気まずさって最悪だね」

「俺、それどころじゃないんだが」

「だろーね。待ってて、今持ってくー！」

晶穂は玄関のほうに叫ぶと、駆け出していった。

あまりにもヤバすぎる。

晶穂に春太のことを〝兄〟と教えたということは——

言うまでもなく、あの人は春太の存在を認識しているということだ。

「ごめんね、お友達来てると思わなくて」

リビングに、細身で長身の美人が入ってきた。

薄手のコートを手に持ち、ハイネックのセーターにスキニージーンズ。

無造作に後ろで結んだ長い黒髪は、わずかに湿っているようだ。

「私、今日は帰ってこない予定だったんだけど、明日の仕事の都合で——」

「お、お邪魔しています」

「………え？」

春太が立ち上がって一礼すると、その女性はきょとんとする。

それから、まじまじと春太の顔を見つめてきた。

「……君、もしかして真太郎さんの……翠璃先輩の……？」

「桜羽、春太です」

春太はもう一度、頭を下げつつ言った。

この名前を名乗ることが、どんな意味を持つか充分にわかってはいても言わないわけにはいかなかった。

頭を上げると、その女性は目を見開いたままフリーズしていた。

「あたしのカレシだよ、お母さん」

黙り込んだままの母親の後ろから現れた晶穂が、ダメ押しをしてくる。

思いつきで、勢い任せで行動するもんじゃないな――

春太は今夜、月夜見家を訪ねたことを本気で後悔し始めていた。


「あらためてこんばんは、春太くん」

すぐさま春太はお暇しようとしたのだが、残念ながらそうはいかなかった。

晶穂の母に、リビングで歓迎されてしまったからだ。

さすがに母親のほうは礼儀をわきまえていて、娘が一ミリも出そうとしなかったお茶まで出てきた。

お茶を出されては、春太も逃げられない。

晶穂の母とリビングのテーブルを挟んで座らされている。

「ねえねえ、君、なかなか可愛いじゃない？」

晶穂の母は最初こそ驚いていたものの、もう立て直したらしい。

春太への興味を抑えきれないという様子だ。

「可愛いって……赤ん坊の頃しか言われたことないでしょうね、それ。小さい頃からうすらデカかったんで、俺」

「小さい子が多少大きくても可愛いものよ。それに、今の君もなかなかじゃない。どう、人妻と人生踏み外してみる？」

「初対面でなかなかですね」

じっ、と春太は晶穂のほうを見る。

晶穂は我関せずといった感じで、リビングの隅でなぜか立っている。

母親への抗議は受け付けないつもりのようだ。

「初対面ではないでしょう？　前に、アパートの近くでコソコソ私を見ていたじゃない？」

「えっ!?　き、気づいてたんですか!?」

「私もびっくり」

晶穂母は、にっこりと笑う。

「だいぶ前、晶穂が誰かとコソコソ隠れてたのは気づいてたけど、アレって君だったのね」

「……どんなカマかけですか」

以前、夜に晶穂を自宅まで送った際に、ちょうどこの母親が帰宅してきた。

春太と晶穂は、こっそり晶穂母を物陰から観察していたのだ。

「というか、あの頃から付き合ってたのね？」

「そ、そうです。ただ……」

「別に、私は子供のやることに干渉はしないわよ」

「…………」

春太と晶穂の場合は、干渉しないほうがまずいと思う。

この母親は、本当に状況を把握しているのだろうか？

春太には晶穂母の真意がまったく摑めない。

「晶穂だってもう子供じゃ——まあ、身体はちっこいけど、これでも高校生だものね」

「お母さんが無駄にデカすぎんだよ」

「仕事のときは、長身の美人って目立つし覚えてもらわれやすいし得なのよ」

「男はだいたいロリコンだから、小さいほうが得だよ」

「…………」

いろいろな意味で、春太には口を挟みにくい会話だった。

ただ、この親子は仲良くはないが、悪くもないようだ、と察しはつく。

「ご覧のとおり、すっかり反抗期で困ってるわ。春太くんは、今身長どれくらい？」

「181くらいです。今はもう少し伸びてるかもしれないです」

どうにも、春太はこの魔女を相手にどんな態度を取ればいいかわからない。

だが、仮にも人の家に上がり込んで、質問に無視を決め込めるほど図太くもなかった。

「君のお父さんもお母さんも、高校のときにずっと伸び続けたって言ってたわ。たぶん、春太くんもまだまだ伸びるんじゃない？」

「もう充分ですよ……って、え？　俺の父と……母？」

スポーツをやってるわけでも、やる気もないので、あまり高身長でもメリットは薄い。

そんなことよりも――

「真太郎さんも長身よね。それに……翠璃先輩も大きかった。すらっとしてて、モデルみたいだったわ、あの人」

「え、そういえば、さっきも翠璃先輩って。あの、ちょっと待ってください」

さっきから、魔女は聞き捨てならないことを話している。

春太の育ての母――雪季の母の名前は〝白音〟だ。

つまり、晶穂母が言っている〝母〟というのは――

「あなたは……俺の生みの母も知ってるんですか」

「ええ、割と知ってるわ」

当たり前のように、晶穂母は頷いた。

「君、八月生まれよね？」

「は、はい」

「なのに〝春太〟って名前、変だと思ったことない？」

「……昔は、気になったこともありますけど」

幼い頃の松風に、そのことでからかわれた記憶もある。

「翠璃先輩は、春が一番好きだったの。〝桜の季節に死にたい〟なんて言うくらい。西行法師かっつーの」

突然、晶穂母の口調が妙にフランクになった。

まるで一瞬だけ学生時代に戻ったかのようだ。

先輩後輩、というのは学生時代の話なのだろうか。

「ふーん……君、よく見ると似てるわ。翠璃先輩に」

「そ、そう言われても。生みの母は、名前を知ったのもつい最近ですから」

「そう。翠璃先輩のこと、真太郎さんは教えなかったのね」

「あの、えーと、あなたは……」

「ああ、まだ名乗ってなかったわね。月夜見秋葉よ。晶穂ちゃんと響きが似すぎてて、我ながらもうちょっと考えて名前をつけるべきだったと反省してるわ」

「深く考えずに名前をつけたと白状されてる件について」

部屋の隅で、ぼそりと晶穂がツッコミを入れてくる。

どうでもいいことなら、会話に割り込んでくるらしい。

「字ヅラ的にも音的にも可愛い名前だからいいでしょう。ねえ、春太くん？」

「え、ええ」

「ハルでも親の前で子供の名前をディスるほど無神経じゃないよ。そこで同意を求めるのは、ヒキョーじゃない？」

「ほら、言ったとおり反抗期でしょ？　家では音楽聴きたくないっつってるのに、ギター始めるとか、どんなイヤガラセよ？」

「お母さんも聴いてるじゃん、そこのＴＶで」

「仕事を家に持ち帰らされた上に、娘にも音楽聴かされるとか、拷問だって言ってるのよ」

「娘の趣味を拷問呼ばわりとは、たいした母親だよね」

「ああ、昔はもっと可愛かったのに。どうしてこんなひねくれちゃったのかしら？」

家庭環境に問題があったのでは。

春太も、さすがにツッコミは入れられない。

「あ、私の呼び方だったわね。秋葉さんでも、アキさんでも、なんでもＯＫよ。〝おばさん〟

以外ならね」

「はぁ……」

正直、春太には目の前の相手をなんと呼んだものか決めかねる。

だが、一番無難な呼び方をすると魔女の呪いを受けそうなので、選択肢はない。

「えっと、秋葉さん。それで、俺の母親を知ってるっていうのは」

「先輩後輩よ」

なんのだよ。

春太は反射的にツッコミを入れそうになった。

「ねえ、春太くん」

「はい……？」

「あ、ま、り、余、計、な、こ、と、は、知、ら、な、い、ほ、う、が、い、い、か、も、ね」

「………」

魔女は妖艶な笑みを浮かべていた。

春太の背筋が、ぞくりと冷たくなるほどの。

娘の晶穂が、〝魔女〟と呼ぶ理由の一端を見たような気がした。

「あっ、そうだわ。春太くん、今日は泊まっていったら？　外、雨よ？」

「いえ、寿司が――じゃない、家族が心配するので帰ります」

「ああ、可愛い妹さんがいたものね」

「妹のことも、ご存じだったんですか」

「心配しないで、あちらとは関わりがないわ。真太郎さんの再婚相手は名前すら知らないし、妹さんのことはもっと知らない」

「……今はもう、再婚相手ですらないですよ」

「へぇ、それは初耳。真太郎さんもつくづく女で失敗するタイプね。たぶん――」

「なんですか？」

「い、いや、いや、なって」

「君も同じかなって」

ちらりと、晶穂母は娘のほうを見た。

その娘は、スマホをぽちぽち操作していて、今度は会話にまざる気はないらしい。

確かに、春太は――女性関係が上手くいっているとは言えない。

初めてできたカノジョの正体は、あまりにも意外すぎて。

しかも、可愛い妹は血が繋がっていなくて、危うく一線を越えそうにもなった。

少なくとも成功している、などとは口が裂けても言えないだろう。

短い沈黙が流れ――晶穂が不意にリビングの窓のカーテンを少しだけ開けた。

「けっこう降ってきたね、雨。ハル、やっぱ泊まっていったら？　別に、あたしもその魔女もあんたを襲ったりしないから」

「ふぅーん、晶穂のほうがマウント取ってるの？　ま、今は女にリードされたい男も多いか」

「……………」

なんなんだ、この母娘は。

春太は戸惑ってばかりで、まったくペースを掴めない。

月夜見秋葉は、娘と春太が付き合っていると聞いたのに、問い詰めようともしない。

自分が生んだ娘が――腹違いの兄と付き合っているという事実をわかっていないのか。

それとも――

「もう一つだけ、確認させてもらっていいですか、秋葉さん」

「なに？」

「俺は桜羽真太郎の息子です。晶穂の父親も――桜羽真太郎なんですか？」

「そうよ」

秋葉は、一瞬も迷わずに答えた。

「なんなら、私がＤＮＡ鑑定の費用を出してあげる。私の義務……いえ、君と晶穂への誠意だと思うしね。覚悟ができたら言って」

「少し……時間をください」

「いつでもいいわ。こんな狭苦しいアパートに住んでても、お金がないわけじゃないから」

「……はい」

秋葉のその言葉が、ＤＮＡ鑑定など不要だと言っているようなものだった。

少なくとも、秋葉は自分の娘が春太の父親と血が繋がっていると確信しているようだ。

もしもこの世で、晶穂の父親が誰なのか確信を持っている人間がいるとしたら、それは月夜見秋葉だけだろう。

少なくとも、春太には彼女の言葉をひっくり返す材料がない。

月夜見晶穂は、桜羽春太の——二ヶ月遅れで生まれた妹。

確証などなにもなかったのに、思いつきでこの家に来たばかりに真実味が増してしまった。

春太は、自分の迂闊さをますます後悔するばかりだった。

「……やっぱり帰ります」

「え？　でも、びしょ濡れになるわよ？　せめて、少し待ったら？」

「いえ、明日は学校もありますし、失礼します」

春太は立ち上がって、秋葉に一礼するとそのままリビングを出て行った。

「ふうん、逃げるんだ。君の父親を思い出すわね」

「………………」

悪意、というものは特に感じなかった。

春太は振り向きはしなかったが、秋葉はくすくすと笑っているようだった。

「ハル」

「晶穂……」

玄関で靴を履いていると、晶穂がくいっと春太の袖を掴んできた。

「ごめん」

「……晶穂は悪くない。でも、ちょっと時間をくれ。あの人の言うとおりだ。今は逃げる」

「ずいぶん、きっぱり言うね」

「でも、また来る。晶穂、おまえがカノジョなのか、妹なのか。答えは俺とおまえで出そう。それと――そのピンクのメッシュ、似合ってる」

「あはは……ありがと」

「じゃあな」

春太は、それだけ言うと月夜見家の玄関を出た。

秋葉の言うとおり、外の雨は本降りになっている。

アパート前に駐めたレイゼン号も濡れてしまっていることだろう。

ただ、雨で冷え込む夜も今は悪くないと思えた。

一度に押し寄せてきた事実と――それに煽られた感情が、熱くなりすぎているから。

そして、春太は――

一刻も早く、雪季の顔を見たかった。

理由は自分でもわからないが、そうしなければ頭が爆発してしまいそうだった。

第4話　妹はお兄ちゃんと寝たい

「お兄ちゃーん」

「ん？」

「お茶、淹れ直しましょうか？」

「え？　あ、ああ、頼む」

食事前に雪季が淹れてくれたお茶は、湯気がまったく立っていない。

ぼーっと寿司を食べている間に、冷めてしまったらしい。

「もしかして、どこかでお食事してきたんですか？」

「いや、全然。ちょっと晶穂のところに寄って、お茶を飲んだくらいだ」

「晶穂さんのところだったんですか。それはいいですけど、遅くなるなら、ちゃんと私に連絡くださいよ？」

「ああ、悪かった」

春太は、雪季が淹れ直してくれたお茶をずずっとすする。

さすが、熱すぎず、ぬるすぎない湯温、濃さだ。

雪季はこの世の誰よりも春太の好みを知っている。

春太は、予定よりだいぶ遅く家に帰り着いた。

ずぶ濡れだったので、まず熱いシャワーを浴びてから、リビングで父親が買ってきていた寿司を食べているところだ。

もちろん、雪季と父親はとっくに食事を終えている。

雪季は風呂も済ませていて、ピンクのもこもこしたパジャマ姿だ。

もう十時を過ぎているので、父親は自分の部屋にいるようだ。

「ごちそうさま。今日の寿司、ずいぶん美味かったな」

「あはは、パパはずいぶん奮発しましたね。大鳥寿司さんの持ち帰りですよ」

「そりゃ、高かっただろうな」

雪季が口に出した店名は、この近所にある老舗の寿司屋だ。

文句無しに美味いが、値段もなかなかなので、桜羽家ではめったに食べに行けない。

「でも、時間経っちゃったので、味は落ちてましたよね。冷蔵庫に入れてありましたけど、大丈夫でしたか？」

「ああ、全然大丈夫。ウニとイクラも美味かった。中トロと赤身はどうだった？」

「ふわわ……最高でした……♡」

うっとりと夢見る目をする妹。

大好物の寿司のおかげで、かなりご機嫌はいいようだ。

「受験に合格したら、大鳥寿司さんのカウンターでマグロ尽くしコースを食べたいですね」

「いやいや、もっと高望みしてくれ。父さんも、どこでも好きなところに旅行にだって連れて行ってくれるよ」

「え、そんなワガママ言っていいんでしょうか？」

「いいに決まってるだろ。なんなら、父さんと俺と三人で旅行。母さんと俺と三人で旅行。仕上げに俺と二人で旅行でもいいぞ」

「わー、凄い三段構えですね」

雪季が、あははと楽しそうに笑っている。

さすがに三回とはいかないだろうが、兄として受験の打ち上げ旅行には連れて行きたい。

「あ、氷川と冷泉と一緒に卒業旅行にも行ってくるか？　金なら俺が出すよ」

「中学生って卒業旅行に行くんですかね？」

「俺は松風たちと遊園地行っただろ。日帰りだったが」

「あ、そうでした。お土産でもらったキーホルダー、お家の鍵につけてますよ」

「一緒に行った女子たちには、〝妹へのお土産にキーホルダーｗ〟って笑われたけどな」

「えーと……卒業旅行、女の子も一緒だったとは聞いてませんけど？」

唐突に、妹の目がすっと細められた。怖すぎた。

「い、いや、ただのクラスメイトとバスケ部の連中だよ。やっぱり男だけじゃ盛り上がらんってことで」

「……別に、普通に言ってくれたら私も気にしませんけどね」

じとーっと、半開きの目を向けてくる雪季。

春太は無駄に口を滑らせたようだ。

「あ、氷川たちと卒業旅行に行くのはいいが、女子だけにしとけよ」

「今のお話のあとでそんな条件をつけられるメンタルの強さ、嫌いではありません」

ますます、雪季の大きな瞳が細く鋭くなっていく。

「心配しなくても、ひーちゃんもれーちゃんも男の子は連れて行かないと思います。二人とも、その……好きな人がいるみたいなんですけど、同じ学校じゃないみたいなんですよね。誰なんでしょう……？」

「さぁな……」

春太は、雪季の親友である氷川が好きな相手が松風だと知っている。

というより、氷川はまるで隠せていない。

雪季が気づいてないのは、少々驚きだが。

ただし、冷泉にも意中の相手がいるのは初耳だ。

冷泉は眼鏡が似合うなんちゃって文学少女だが、あのふざけた後輩にも乙女心というものがあるらしい。

「あっ、勝手に友達のこんな話をしちゃダメですよね。すみません、お兄ちゃん。忘れてください！」

「わかってる、わかってる」

雪季は、ぽろっと友人の恋バナを漏らしてしまったのを悪いと思っているらしい。

「氷川とは全然会わねぇし、冷泉は家庭教師のときも勉強と雪季の話しかしないからな」

「私の話、というのがとっても気になりますけど……」

元々、春太が冷泉の家庭教師をしているのは、遠方に住んでいた頃の雪季の話を共有するのも目的だった。

今はその必要はないが、冷泉が学校などで撮った雪季の写真を見せてもらい、解説も加えてもらっている。

「雪季、いくらなんでも中三になってＭｉｋｅを〝ミケ〟って読むのはありえないぞ」

「私の過去イチの失敗がバレてます!?」

雪季は、今度は大きな瞳を見開いて驚愕している。

ちなみに冷泉は、英語の教科書を手に恥ずかしがっている雪季の決定的瞬間を隠し撮りしていた。

なかなか使える後輩だった。

「れ、れーちゃんめ……どうせお兄ちゃんにチクるならもっと可愛い失敗を……！　ケーキを食べたらほっぺに生クリームがついてたとか！」

「そんなの面白くもなんともないだろ」

「私、自分に面白さは求めてないんですけど……」

雪季が、ずーんと落ち込んでいる。

この妹はなにをやっても可愛いので、害にならない失敗はドンドンしてほしい。

「あれ？　なんの話をしてたんでしたっけ？」

「雪季が無事に高校に受かったら、お祝いに二人で旅行しようって話だよ」

「……本当に二人きりですか？」

「母さんのところに行こう。合格祝いを直接催促してやろう。俺の進級祝いももらえるかもな」

「あ、そういう……って、ズルいですよ。お兄ちゃんが進級するなんて当たり前じゃないですか。お祝いは、私だけがいいです！」

「そういうところはどん欲だな」

ははは、と春太は笑って、残っていたお茶を飲みきる。

「ふう……お茶も美味かった。わざわざありがとうな」

「そんなこと。お寿司にはちょうどいい濃さのお茶を淹れないとですね。濃すぎるとお寿司の繊細な味が飛んでしまいますから」

「なるほど、そういうもんか。気にしたこともなかった」

春太が回転寿司でお茶を飲むときなどは、適当に粉末を放り込んでいる。

雪季は本当に細かいところにまで気がつく。

「お兄ちゃん、今日はお疲れでしょう。ゲームせずに、早めに寝たほうがいいですよ」

雪季は手早く湯飲みを洗い、リビングに戻ってきた。

春太は、ぼんやり眺めていたＴＶの電源を切る。

「そうだな、今日は予定以上に盛りだくさんだったな」

本来は墓参りに行って、帰りに雪季と遊ぶだけのつもりだった。

そこにバイトが入り、さらに晶穂の家に行って——魔女とも会ってしまった。

晶穂の家に行ったのは自分の意思だが、バイトと魔女との遭遇は不可抗力だ。

「……よし、今のうちにＣＳ64のランク上げをしましょう……」

「おいこら、勉強は……休みでもいいが、ゲームは一時間にしとけよ？」

「あ、聞かれてました！　いえ、やめておきます……私も少し疲れましたし」

「雪季は体力もないもんなあ。受験終わったら、俺とジムにでも通うか？」

「ジ、ジムデートというヤツですか。楽しそうですけど、運動は楽しくないジレンマが」

「本気で嫌そうだな。ま、考えておいてくれ。今日は……寝ることにするか」

「そうしましょう、そうしましょう」

リビングの灯りを消して二人は二階に上がった。

春太は父親と話したくはあったが、おそらく父親はもう寝ている。

普段、帰りが遅い父親は日曜くらいはゆっくり眠りたいらしく、就寝が早い。

父親に言いたいことがたくさんあっても、毎日朝早くに起きて夜遅くに帰ってくる父親の睡眠を邪魔するのは気が引ける。

「雪季、今日はマジで勉強しなくていいからな。頭を休めて、明日からまた頑張ろう」

「は、はい。頑張りたくないですが、頑張ります」

雪季は嫌そうにしながらも、こくんと頷いた。

「お兄ちゃん、じゃあおやすみなさ――」

「なあ、雪季」

「はい？」

「今日は一緒に寝るか」

「…………っ⁉」

雪季が、文字どおりぴょこんと跳び上がった。

「わ、私は全然いいですけど、パパにバレたら……」

「バレたってかまうもんか。一緒に寝るだけだろ」

もちろん、春太は高校生と中学生の兄妹が一緒に寝ることが普通だとは思っていない。

「雪季がバレたくないなら、仕方ないが……」

「い、いえ、待っててください。ちょっと準備を！」

「準備？」

寝るだけで、いったいなんの準備がいるのか。

意味は不明だが、妹の突拍子もない行動には慣れている。


春太が自室に入り、ベッドに寝転んでスマホをいじっていると——

「お、お待たせしました！」

「なんだ、枕持ってきただけか」

部屋に入ってきた妹は、お気に入りのピンクの枕を胸に抱えていた。

「い、いえ、まだここからです。今日の私は変身をあと一回残してるんです」

「変身？」

「ちょっと失礼しますね、お兄ちゃん」

雪季は枕を春太に押しつけると、ベッドの上に座った。

よく見ると、雪季の手元には薄っぺらい服が一着あった。

枕と一緒に持っていたらしい。

「これ、いつ着るか悩んでましたが、今こそそのときですね」

「なにを大げさな……って、なんだそれ？」

「ベビードールというヤツです」

雪季は、手に持っていた服をぱっと掲げてみせた。

なにやらフリフリがついていて、透き通ったピンク色のワンピースのような服だった。

「再び失礼します」

雪季は決意したように言うと、パジャマの上をさっと脱いだ。

その下、Dカップの胸を包むブラジャーもまたピンクだった。

元々、雪季は白かピンクか水色の下着しか着けない。

「んっ」

雪季はさらに、パジャマの下も脱いで床に放り出す。

当然ながら、パンツもピンクだった。

「あ、べ、別に変な意味で買ったんじゃないですよ？　これ着て勝負を仕掛けようとか、そういうわけではなく！　可愛いから買ったんです！」

「はぁ……」

きょとんとする春太の前で、雪季はピンクのブラジャーを外した。

ぷるん、と中学生にしては大きな胸が揺れながら現れる。

それから、雪季はベビードールを頭からかぶった。

あちこちフリフリがついているだけでなく一部が透き通っていて、パンツがほぼ丸見えだ。

胸の谷間もあらわで、丈が短いので透けてなくてもパンツが普通に見えてしまいそうだ。

「おまえ、そんなエロい寝間着を持ってたのか……」

「わ、私が選んだんじゃなくて……ひ、ひーちゃんが〝桜羽先輩が喜ぶよ〟って言って強引に買わせたといいますか……」

「なにをしてんだ、氷川は……冷泉もいたんだろ、あいつは止めなかったのかよ」

「れーちゃんは、もっとえっちなベビードールを買ってました」

「それよりエロいのって、想像つかねぇんだが」

「想像しないでいいです。れーちゃんも、お兄ちゃんに見せるわけでは——そういえば、一度はウチに泊まり込みでお兄ちゃんにカテキョしてほしいって言ってたような」

「まさか、人ん家に泊まりにきてベビードールは着ないだろ、冷泉も」

と言いつつも、冷泉はなにをやらかすかわからない。

警戒の必要がある。

「つーか、雪季もその格好はちょっと……」

「せ、せっかくですから」

なにがせっかくなのか説明せず、雪季はベッドにゴソゴソと潜り込んできた。

「まあ、可愛いし、似合ってるからいいけどな」

「わっ、ありがとうございます。恥ずかしいけど、頑張ってよかったです♡」

「つーか、そんな薄着で寒くないのか？」

「すみません、もの凄く寒いです」

「だろうな……」

春太の部屋も暖房を効かせているが、さすがに十一月に肩も脚も剝き出しのベビードールは寒すぎるだろう。

「ほら、ちゃんと布団かぶれ」

「は、はい……あと、抱きついていいですか？」

「許可はいらないだろ、そんなの」

「はい♡」

ぎゅーっと雪季が抱きついてくる。

すっかり成長したおっぱいも、わざとやってるかのように強く押しつけられている。

中学三年で、この立派な胸だ。

まだまだ成長していくのではないだろうか。

「ちゅーも……許可はいらないでしょうか……んっ♡」

春太は返事をせずに、黙って妹にキスした。

小さな頭を抱え込むようにして、ちゅばちゅばと唇を味わう。

「んっ、んんっ……♡」

雪季のほうも舌を差し出してきて、春太はそれに自分の舌を絡めていく。

妹の甘い唇と、熱い舌をたっぷりと味わい――

「きゃっ……」

ベビードールの薄い布地越しに小ぶりな尻を撫で回し、ときにはがしっと摑んでその柔らかさと弾力も味わう。

「お、お兄ちゃん……今日はちょっと手つきがえっちすぎませんか……？」

「ダメか？」

「い、いえ……好きにしてくれていいんですけど……私、カノジョじゃなくて妹ですよ？」

「そうだったな……」

妹という単語が、やはり今の春太には胸に刺さるかのようだった。

「そうですよ……んっ、んんっ……♡」

春太はまた雪季の甘い唇に口づけ、むさぼるように味わい尽くして――

「血が繫がってなくても、私は妹……ですからね。カノジョにはなれませんからね」

「……いつまで、雪季は妹なんだろうな」

ふと、春太はそんなことをつぶやいた。

雪季は、きょとんとして不思議そうに首を傾げ――

「私はずっと妹ですよ。でも……」

ちゅっ、と雪季のほうからキスしてくる。

「もしも、お兄ちゃんが……私の全部をもらってくれるなら……」

「…………」

最後まで言わずに、雪季は表情を隠すように春太の胸に顔を埋めて抱きついた。

しっかりと抱きついたまま、離れようとしない。

「変なことを言って、悪かった」

「…………」

雪季は顔を埋めたまま、首を振ったようだった。

今は――カノジョである晶穂より、雪季のほうが付き合える可能性が高くなってしまった。

血の繋がりはないし、苗字すら違っている。

雪季が妹なのは、物心ついた頃から築き上げてきた兄妹としての時間があるからだ。

その時間は、遺伝子や社会的な立場を越えるものだろうか？

もしも、春太と雪季がその気になれば、付き合うことも――

先走りすぎるようだが、結婚すら可能になるのだろうか。

春太には、まるで判断がつかないことだった。

血の繋がった母の墓、血の繋がった妹の晶穂、晶穂の母の魔女——

それに、抱きついているベビードール姿の血の繋がらない妹。

春太には、彼を惑わせるものが多すぎるようだ。

一番大事なものはなんなのか、と言われたらそれは即答できる。

だが、その答えが誰かを傷つけることもわかっている。

春太には誰かを傷つけても貫きたい想いがある——などと、綺麗事は言えそうにない。

第５話　妹は兄の日常をよく知らない

すっ——と目の前を巨体が驚くような速さで通りすぎていった。

一瞬のうちに、二度フェイントをかけられ、あっさりと引っかかったのだ。

「ちっ……！」

春太は慌てて跳び上がったがもう遅い。

松風の長身が高く舞い、ぽいっと無造作に投げ捨てるようにしてシュートを放っていた。

「くそっ……！」

ボールの行き先を確認するまでもなかった。

わずかな距離を放物線を描いて飛んだボールは、シュッと音を立ててネットをくぐった。

「はい、これで俺の勝ち。悪いな、春太郎」

「くっ……おまえ、現役なんだからちょっとは手加減しろよ！」

春太は松風を睨んでから、地面に座り込んでしまう。

ここは、春太たちが通う悠凜館高校のグラウンド。

どういうわけか、グラウンドの隅にバスケットコートが一つある。

春太たちの出身中学もグラウンドにゴールがあったので、珍しくないのかもしれない。

バスケ部はもちろん、他の部も特に使っていない一角だ。

たまに野球部やサッカー部のボールが飛んでくることさえ気にしなければ、放課後に軽くバスケを楽しめる。

「はぁ……松風、おまえまた上手くなってんじゃねぇの」

「そりゃそうだろ、伊達に時代遅れの猛練習してるわけじゃないんだ」

「時代遅れだってわかってんのかよ」

「ま、嫌いじゃないからな。努力と根性」

松風はニヤリと笑って、Ｖサインなどしてきた。

この友人――松風陽司は体格に恵まれている上に、練習も欠かさない。

中学時代に〝妹と一緒に帰るため〟にバスケ部を辞めた春太が勝負して、勝てるわけがない。

「つーか、今日は部活休みなんだろ。身体休めろってことじゃないのか？」

「軽く遊んだだけだ。たいした運動でもねぇよ」

「てめ、この……」

と悔しがってみても、十分ほどの１ｏｎ１で春太が手も足も出なかったのは事実だ。

松風はシュートを十本決めたが、春太はたったの二本。

「本当は一本も決めさせないつもりだったけどな。ほら、俺って勝負だと手を抜けないから」

「全然、遊びでもなんでもないじゃねぇか……」

「春太郎、背ぇ伸びてるもんな。俺、今年は1センチも伸びてないから、追いつかれそうだ」

「……父親と母親が二人とも高校時代は伸び続けたから、俺もそうじゃないかって言われた」

「誰にだよ。でも、確かに春太郎はまだ伸びそうな気がするな」

「全然嬉しくねぇな。スポーツやるわけでもないのに、180以上あってもむしろ不便な気がする」

「贅沢言うな。ウチのバスケ部の連中も、みんな180超えたいんだからな」

「分けられるもんなら分けたいよ」

春太は、苦笑してしまう。

春に身長を測ったときは181センチだったが、おそらくさらに2、3センチは伸びている。

このあたりで止まってほしいところだ。

「桜羽さんもけっこう伸びてるよなあ。たぶんもう、170は超えてるよな？」

「170って言うとあいつ怒るぞ。雪季も、そろそろ止まってほしいらしいな」

松風は、雪季を相変わらず〝桜羽さん〟と呼んでいる。

今、雪季の苗字は桜羽ではなく冬野だが、特に気にしていないらしい。

雪季が桜羽家に戻ってから、松風とも数回会っていて、〝桜羽さん〟と呼んでいるが、雪季のほうも自然に受け入れている。

「さすがに、これ以上伸びると可愛くないとか言ってるな」

「桜羽さん、顔はめちゃめちゃ可愛いんだから、いいんじゃないか？」

「大きすぎると可愛くないと本人は思ってるらしいな」

春太も、雪季が180センチ超えの長身になろうが全然かまわない。

妹はまだ幼さも残した美少女だが、あと三年のうちには大人びた美人に成長するだろう。

もし仮に、兄の背丈を追い越したとしても、可愛い妹であることに変わりはない。

「桜羽さんは、自分磨きに余念がないよな。ああ、いや、今は春太郎の話だよ」

「ん？　なんの話だっけ？」

「おまえもたまには身体を動かして、雑念を払えって話だ」

「……そんな話じゃなかっただろ」

この親友は、春太にいろいろあってモヤモヤしていることに気づいていたらしい。

表に出したつもりはなかったが、さすがに長い付き合いの松風には隠し切れなかったようだ。

前に雪季がいなくなったばかりの頃も、松風と遊んでモヤモヤを払ったこともある。

なんだかんだで、友人の存在はありがたい。

「桜羽さんも戻ってきたのに、まだなにが――って、言いたくなったら言うよな、春太郎は」

「……松風も、言いたいことあるなら言えよ。バスケ部の先輩をぶっ殺したいとか」

「あはは、中学時代はよく言ってたよな。もうそんなガキっぽいことは言わねーよ。三年が夏に引退して楽になったしな。今は別に悩みなんか――ああ」

「ん？　なんかあるのか？」

「うーん」

松風はタオルで顔の汗をぬぐいながら、唸った。

「この話、していいのかな。まあ、しないよりいいか。ほら、おまえと俺で桜羽さんトコに行っただろ？」

「ああ、俺が原チャで雪季を迎えにいったときの話か」

大げさではなく、春太にとっては人生の分かれ道だったので、忘れようがない。

「あんとき、桜羽さんに絡んでた女子たち、覚えてるよな？」

「ああ」

転校生の雪季が気に入らず、事あるごとに吊るし上げて、盗撮までしていた中学生たちだ。

雪季がもう忘れることにしているので、春太も一度も彼女たちのことを話題に出したことはない。

「あの女子たちのリーダー格……霜月って子なんだけど」

「あー……あのポニーテールのヤツか。そんな名前だったな」

春太は、彼女とは電話番号とＬＩＮＥを交換している。

ＬＩＮＥの登録名が〝霜月透子〟とフルネームだった。

「松風、あの子となんかあったのか？　一緒にバスケやって叩きのめしたんだっけ」

「そうそう、霜月も元バスケ部だったからな。ただ……」

「なんだよ、別に気にしないから言えよ。俺も雪季も、もう水に流してる。少なくとも、雪季はそうしてるから、俺も気にしない」

「そうか」

松風は、春太の隣に座り込む。

「ちょっと前……二週間くらい前かな。霜月とまた会ったんだよ」

「会った？　わざわざ、こっちまで出てきたのか？」

春太は、軽く驚いた。

電車で三時間近くかかるし、中学生がホイホイ行き来できる距離でもない。

「これ、春太郎に言うのも、マジでなんなんだけどな。あの子、そこまで悪い子じゃねえよ。ついイキっちゃったというか、桜羽さんが来るまではクラスのっていうか、学校のお姫様みたいなポジションだったらしい」

「突然現れた雪季に、地位も名誉もかっさらわれたってか」

確かに、思い返してみればポニーテールの霜月は、割と可愛かった。

アイドルのオーディションでも、合格しそうなくらい。

「あの子、やってることはガキだったよな。実際、中学生なんだからガキなんだけど」

「だからって――」

雪季への仕打ちが帳消しになるわけではない。

そう思うが、水に流している以上、春太は口には出せなかった。

「本人の話を聞いてると、狭い世界でみんなに可愛がられてきたけど、そこに外から急に現れた桜羽さんが自分よりはるかに可愛くて、男子どもがチヤホヤし始めて、ついあんなことした——みたいな流れらしい」

「いや、まあそんな感じだろうとはわかってたけどな」

「桜羽さんには悪いことをしたって本気で思ってるみたいだぞ」

「そうか……って、待て。こっちに出てきたって、雪季に謝りにきたのか？」

「なにか家のことでこっちに用があって、そのついでに俺んトコに来たらしい」

「家のことで？　こっちに親戚でもいるのか？」

「いや、俺も詳しくは訊かなかった。ただ、春太郎と桜羽さんには合わせる顔がないから、代わりに俺にいろいろぶちまけに来たらしい。ずっとモヤモヤしてたんだとさ」

「ふうん……ずいぶん懐かれたもんだな、松風」

この友人は長身で、いかにも爽やかなスポーツマンだ。

しかも、裏表がないことも春太はよく知っている。

女子にもモテるが、特に年下から好かれやすい。

松風を狙っている後輩は、氷川以外にも大勢いるだろう。

「土曜に会って、まず話を聞いてからあちこち連れて行ってやったよ。部活サボって」

「おい、いいのか、バスケ部のエース」

「エースじゃねえけど、三時間近くかけて来て、そのまま帰るんじゃ可哀想だろ」

「ずいぶん親切なことだな」

もっとも、松風らしい話ではある。

一度お仕置きしたからには、もうすべて忘れて霜月を可愛がってやってるのだろう。

「まあ、最後にはヤっちゃったんだけど。すげー良かったわ、あの子」

「おおいっ!?」

春太が思っていた以上に、松風はあのポニーテールの霜月を可愛がったらしい。

爽やかなスポーツマンであることと、女好きは矛盾しない。

春太は、松風がそこそこ経験豊富であることも知っている。

中学時代から、松風は春太にだけ女性関係も話してきた。

無神経なようだが、中高生の男子などそんなものだ。

春太は、晶穂との関係を誰にも具体的に話していないが、そちらのほうが特殊かもしれない。

別に、松風が雪季と因縁がある少女となにをしようが勝手ではあるが……。

グラウンドのバスケットコートに、他の男子たちが乱入してきたので、春太は帰ることにした。

バスケ馬鹿の松風の相手は、彼らに任せればいいだろう。

どうせ、松風には何度やっても勝てない。

今日は雪季は、氷川と冷泉との勉強会らしいので、早く帰る意味もないのだが。

「しかし、松風も節操がねぇなあ」

春太は校門を出て、のんびり歩きながらつぶやいた。

松風は、中学時代からカノジョが途絶えたことがほとんどない。

最初にバスケが最優先だと告げているらしいし、二股をかけることもない。

それが松風なりの誠意なのだろう。

一つ下の中学生でも問題はないが、まさか相手があの霜月とは。

もっとも、一回きりの関係なのかもしれない。

少なくとも、遠方に住む霜月と頻繁に会うことは不可能だろう。

本当に一回、身体の関係があったというだけ——

「……人のことは言えないか」

人から見れば、春太も充分に節操がない。

晶穂と付き合って、とっくに一線を越えているのに、雪季ともただの兄妹とは言えない関係になっているのだから。

だが、もう高校生にもなれば、恋愛と性的な関係は切っても切れない。

雪季や霜月はまだ中学生だが、中三で経験済みの女子は珍しくもないだろう。

いや、正確には雪季は未経験——のはず。

「おーい、サクーサクー」

「あれ？」

ぼんやり考えつつ歩いていると、呑気そうな声に呼び止められた。

「学校帰りに会うなんて珍しいね」

「どうも、美波さん」

バイトの先輩、女子大生の陽向美波だった。

セミロングの赤い髪を後ろで無造作に縛り、黒いジャージの上下にサンダルという格好だ。

「なんすか、その格好は。ヤンキー女子みたいな」

「失礼な。美波はこれでも、真っ当に生きてきて、真面目に女子大生やってるよ？」

「そうかなあ……」

おまけに、美波は完全にすっぴんだ。

春太は、もっとも身近な女性がコンビニに行くときでも部屋着から着替えていくタイプなので、美波のように気が抜けてる女子には違和感がある。

「それで、なにしてるんですか、美波さん」

「コンビニの帰りだよ」

美波は、小さめサイズのエコバッグを掲げてみせる。

意外にも、地球環境に優しいらしい。

そういえば、と春太は今さら気づいた。

ほとんど無意識に、自宅ではなくショッピングモール、エアルに向かっていたようだ。

美波のアパートは、エアルのすぐそばにある。

「あ、ちょうどよかった。サク、今日はシフト入ってなかったよね？」

「ええ、帰って久しぶりにＣＳ64をガッツリやりこもうかと」

「じゃ、美波ん家にご招待♡」

「は？　あれ、今ＣＳ64をやりこむって……」

「これこれ、サク。美人女子大生の部屋に上がり込むチャンスを捨てるなんて、それでも男子高校生かね？」

「だったら、もっと美人女子大生らしい部屋にしてくださいよ」

美波の部屋は何度か遊びに行っているが、ゲーム機とゲームソフトとゲームグッズで埋め尽くされていた。

どうやってあの部屋で生活しているのか、不思議なレベルだ。

「まあ、いいから、おいで」

「はぁ……」

なんだかんだ言っても、春太も元は体育会系だ。

先輩の命令となると逆らえない。

二分ほど歩いて、美波のアパートに到着する。

小さいけれどまだ新しい建物で、住民の多くは学生らしい。

「ただいまー」

「お邪魔します」

部屋は当然のように、以前と同じ——いや、それ以上のカオスだ。

部屋には50インチのＴＶと24インチの液晶モニターが置かれている。

ＲＰＧやアドベンチャーゲームを大型ＴＶ、ＦＰＳやアクション系ゲームを24インチモニターで遊んでいるらしい。

アクションゲームはモニターが大きいと視線移動が多くなって不利になる。

サイズ違いのモニターを用意するのは、ガチ勢ならではの考え方だ。

もちろん、モニターには新旧様々なゲーム機が繋がれている。

「またゲームのお相手ですか？　このネット対戦全盛時代にわざわざオフラインで戦わなくても——うわっ」

「ま、くつろいで♪」

美波は後ろで縛っていた髪をほどくと——いきなり、ジャージの上を脱いだ。

その下は、ぴったりと身体に密着したグレーのタンクトップだけだった。

しかもジャージの下まで脱いでしまっている。

タンクトップと、黒のレースのパンツという格好だ。

「な、なんで脱いでるんですか？」

「自分の部屋だもん、ズボンなんかはいてるわけないじゃん。こらこら、サクよ。漫画じゃないんだから、女が家でもスカートとかはいて小綺麗にしてると思ってんの？」

「客がいたら、そういう場合も多いんじゃないですかね？」

春太は、つい最近も誰かがいきなり脱いだような気がしつつ、ツッコミを入れる。

美波は「そうかな？」と首を傾げて、ベッドの上に飛び乗った。

ベッドの上にはコントローラーやリモコンが置いてある。

この先輩は、物だらけの床をあきらめて、ベッドの上で生活しているようだ。

「それに、今日は——サクにリアル対戦をお願いしようと思って」

「な、なにしてんすか」

美波は、くいっとタンクトップの胸元を引っ張っている。

よく見ると、ノーブラらしい。

ブラジャーが見当たらないのと——胸の頂点で、ぷくっと乳首の形が浮き上がっている。

「年上のお姉さんの部屋に来たんだから、こういうの期待してたんじゃないの？」

「そ、そんなわけないでしょ……」

「大丈夫、大丈夫。君のカノジョと妹の二人には黙っておくから♡」

「な、なにを言って……わっ」

春太は手首を摑まれ、ベッドに引きずり込まれる。

体重では圧倒的に春太のほうが上のはずなのに。

ベッドに寝転がった春太の上に、美波がのしかかってくる。

「油断したね、サク。美波さんは、こう見えて意外と肉食系なんだよ……」

「………」

美波が、ぺろりと舌なめずりをした。

なんなんだ、この急展開は——

春太は戸惑いながらも、乱れたタンクトップの胸元の谷間から、目が離せない。

松風と霜月はどんな流れで、くっついてしまったのか。

不意に、そんなことが気になってしまった——

「ぶははは、サクのあのときの顔！」

「……タチが悪いっすね、美波さん」

「つっても、あそこでサクがその気になってたら、ヤらせてあげたのに」

「まだ続くんですか、その冗談」

「ほら、美波って弟大好きだったけど、さすがに弟とヤれないじゃん？　ヤりたいとも思わないし。だから、弟っぽいサクならいいかな～っていうのはマジであるよ？」

「俺は弟じゃなくて、バイトの後輩です」

　美波に弟がいる、というのは本当らしい。

　だが、ただのバイトの後輩を弟扱いされて距離を詰められても困る。

　ベッドの上でのリアルファイトは、美波が大笑いしただけでオチがついて終わり――

　今、二人はモニターに向かってゲーム中だ。

　ストバスの最新作を、最新ゲーム機で遊んでいる。

「そういや、この前買ってた初代ストバスは遊んでんの？」

「まだですよ。妹のメンタルが追い詰められたときに遊ばせようと思って。普通に遊ばせるのは甘やかしすぎですし」

「君は妹を甘やかすプロでしょ？」

「妹と話したこともない美波さんにまで、ガチシスコンみたいに思われてるんですか、俺？」

「いやー、あんな美少女妹がいてシスコンにならない男がおるん？」

「……まあ、妹を褒めてもらったと思っておきますよ」

「でも、背が高いのはサクと一緒だけど、顔とか雰囲気はあんま似てないね。実は血が繋がってなかったりして！」

「……あはは」

むろん、春太は美波にも雪季が実の妹でないことは話していない。

「…………」

ふと、あの魔女は知っているのだろうかと疑問が湧いた。

月夜見秋葉は、父の再婚相手のことをよく知らないと言っていた。

雪季のことも存在くらいしか知らないようだった。

逆に言うと存在は知っているようだが、春太との血縁関係の有無も知っているのかどうか。

「あっ、クソっ！　そこで大技かましてくるかっ！　吹っ飛ばされたーっ！」

「よーし、俺もまだまだイケますね」

「あのさ、サク？　君はまだ高校生だから知らないだろうけど、世の中には接待というものがあってね？」

「ええ、高校生なんで知らないことにしときますよ」

「ちぇっ」

美波はガチゲーマーなので、たいていのゲームは春太より上手くこなす。

ただ、レトロゲーマーだからか、主に得意とするのは横スクロールアクションや、縦スクロールシューティングらしい。

「ま、サクもさ」

「はい？」

ちゅっ、と美波が頬にキスしてくる。

「な、なにしてんすか、美波さん！」

「サクは仕事も真面目だし、ちょっと生意気だけど可愛い後輩だからね。美波さんのお気に入りなんだよ」

「……そういうの、本人に面と向かって言いますか？」

唇の柔らかさに、春太は驚きながら聞き返す。

「言いたいことは言っておかないとね。いつ言えなくなるかわかんないし」

「……美波さん？」

美波は、少し寂しそうに笑っている。

「ま、思春期にはモヤモヤすることも多いだろうから。もし、どうにもならなくなったら、美波さんが相手してあげるから」

「……ゲームのですか？」

「セックス」

「そういうことは、言いたくても言わなくていいんじゃないですかね！」

どうやら、松風だけでなく、美波にも春太の鬱屈を見抜かれているようだ。

美波は後輩を元気づけるために誘ってくれたらしい。

「いやでも、マジだよ？　セックスで解決することってけっこうあるんだから。本来の目的は果たさなくても……あ、本来の目的って子づく――」

「それこそ言わなくていいですから！」

「そう？　けどさ、身体くっつけて気持ちいいことしたら、なにかが変わるよ、きっと」

「そうですかね……」

だが、春太にも覚えがある。

最愛の妹と母が去って――

晶穂と付き合って関係を持ったのは、寂しかったから――でもある。

少なくとも、晶穂と肌を重ねている間は、彼女のことしか考えられなくなっていた。

雪季のことすら、たぶん忘れていた。

それは決して悪いことではなかったのだろう。

「ま、美波は大人な女子大生なのにまだ処女なんだけどね。てへっ♡」

「今の話、説得力が全部吹っ飛びましたよ！」

もしかして俺は、女を信用しないほうがいいんじゃないだろうか。

春太(はるた)は、女性不信になりそうな自分が怖(こわ)くなってきた――


「ふー……」

春太は、家の門扉(もんぴ)を開けながらため息をついた。

今日の放課後はなにもない予定だったのに、ずいぶん疲(つか)れた。

松風(まつかぜ)とのバスケに、美波(みなみ)とのゲーム。

美波は、大学の友達と用事ができたというので、遊びは切り上げてきた。

今は午後六時すぎ。

雪季(ふゆ)は氷川(ひかわ)と冷泉(れいぜん)との勉強会だし、父親はまだまだ帰ってこない。

勉強会は毎回夕食付きなので、雪季の帰りももう少し先だろう。

「っと、確認(かくにん)しとかないと」

玄関(げんかん)の鍵(かぎ)を開けてから、思い出す。

ガレージを覗(のぞ)いて、車の横にカバーをかけたレイゼン号がちゃんとあることを確認(かくにん)――

「……って、おい」

「あ、おかー、桜羽先輩(さくらばせんぱい)」

「おかー、じゃねぇよ、冷泉」

レイゼン号のそばに、赤フレームの眼鏡をかけた女子中学生が座り込んでいる。

雪季の親友の一人にして、春太の中学の後輩。

制服の白いブレザーにスカート、それに薄いピンクのコートという格好だ。

寒いのか、コートのポケットに手を入れて身体を丸めるようにしている。

「おまえ、雪季と氷川と一緒に勉強会じゃなかったのか？」

「ボクはちょっと用があるって途中で抜けてきたんす」

「自分の苗字をつけたバイクが、そんな気になるのか？」

「そりゃあ、ボクの名前をつけた我が子のようなバイクですから。毎日、先輩はボクの子にまたがってるんすねぇ」

「変な言い方すんな。まったく……この寒いのになにしてんだ。ほら、上がっていけ」

「ほーい」

さすがに、妹の友達を玄関先で追い返すわけにはいかない。

もう日も暮れて、外はすっかり冷え込んでいる。

先輩としても、あたたかい飲み物の一杯くらい振る舞わなければ。

「はー、あったかー。生き返るっすよ」

「死にかけてまで、なにをやってたんだよ」

冷泉はリビングのエアコンのそばでくるくる回って、まんべんなく温風を浴びている。

春太はその間に、ティーバッグで紅茶を淹れてやった。

雪季なら茶葉から淹れるところだが、春太にはそんなスキルはない。

「おまえ、紅茶だったよな？　砂糖あり、ミルク無しだったか」

「おー、ちゃんとボクの好み、覚えててくれたんすねえ」

「家庭教師の日は、いつもそれ飲んでるだろ」

「ま、そうなんすけど、そんな細かいトコまで見ててくれるとはねー」

冷泉は嬉しそうに言いながら、ソファに座って美味しそうに紅茶をすする。

春太もその前に立って、紅茶に口をつける。

「それで、なんだ？　勉強会でわからないところでもあったのか？」

「もう十一月っすよ。まだわかんないトコがあったらヤバいっす」

「そりゃそうだ。まあ、冷泉はそこそこできてるしな。雪季よりずっと」

「フーも頑張ってるっすよ。今日も無駄口叩かずに、ヒカに真面目に教わってたっすから」

「へえ、あの雪季が余計なおしゃべりもしないのか」

雪季が春太に教わるときは、ちょくちょく雑談が始まったりしている。

氷川より春太のほうが甘く、雪季も氷川より春太に甘えているからだろう。

「たまにスマホを見るくらいで、集中できてたっすねえ」

「それ、集中できてなくないか？　スマホ取り上げまではしたくないんだよな」

「ああ、フーのママからの連絡だったみたいっすよ」

「なんだ、それなら別にいいな」

離れて暮らしてる母からの連絡が多いのは当然だ。

「つーか、氷川はそんなに人に教えてて――って、全然大丈夫なんだったな。つい、あいつの見た目のせいで頭が良いっていうのが受け入れられねぇ……」

「あっはっは、失礼な先輩っすね。見た目スポーツ少女っすもんねえ、ヒカは」

冷泉は、けらけらと笑っている。

この冷泉と雪季の親友、氷川はショートカットに小麦色の肌でいかにも活発そうだが、成績優秀な才女なのだ。

「大丈夫でしょ、ヒカはもう受かるかどうかよりトップ合格を獲るかどうかっすよ。本人は合格するだけで充分みたいっすけど」

「……動機が不純だからな」

氷川の目的は、松風と同じ高校に通うことだ。

「いやー、女子中学生としては真っ当でしょ。普通すぎるくらいいっすよ」

「そんなもんか。ま、首席なんて狙えるレベルでもなかった俺より、氷川のほうが凄いわけだからな。なんも言えねぇ」

「そういうわけっすから、ヒカも、それにフーもたぶん大丈夫っす」

「ちょっと待て。〝大丈夫〟から自分を省くなよ？」

春太は、冷泉の家庭教師をして、きちんとバイト代ももらっている。

これで彼女が落ちたりしたら、本気でシャレにならない。

「ふーん……先輩、ボクが悠凜館に合格する可能性ってどれくらいと見てるっすか？」

「は？　そんなもん、塾で判定を出してくれてるだろ？」

冷泉は家庭教師の他に、塾にも通っている。

「そうっすけど、先輩の見立てを聞きたいんすよ」

「見立てって……俺、塾みたいに細かいデータとか持ってないからな？」

無責任なことも言いたくないので、春太はあまり数字などは出してこなかった。

塾では模試で合否判定をランク分けしてくれるし、それがもっとも参考になるだろう。

「塾の先生の言うことより、長い付き合いの先輩のお話のほうが参考になるんすよ」

「おまえが中学に入ってからだから、そんな長い付き合いでもねぇだろ。ただ、うーん……」

冷泉はいつもふざけているが、一応真剣な話らしい。

進路のかかった話なのだから、いい加減なことも言えない。

だが、もちろん春太は教え子の可能性についても検討している。

「まあ、八割くらいだな。十割はありえねぇんだから、充分だろ」

「おおっ、先輩が言うなら間違いないっすね」

ぱん、と手を打ち合わせて喜ぶ冷泉。

「でも、ボクはこれでもナイーブな受験生っすから。不安は隠せないんすよね」

「おまえ、情緒不安定か。気持ちはわかるけどな」

「そうっすよね！　だから、先輩！」

「な、なんだよ」

冷泉は立ち上がり、がしっと春太の手を両手で掴んできた。

「ねー、先輩。もしボクが悠凜館に無事に受かったら」

「なんだよ、ご褒美か？」

「ボクと、えっちしてください」

「…………」

眼鏡の奥の冷泉の目は笑っていない。

黒髪のボブカット、赤いフレームの眼鏡。

文学少女っぽい雰囲気を出しながらも、中身はまるで体育会系で、ざっくばらん。

冷泉——冷泉素子は、冗談を言っているわけではなさそうだ。

「……なに言ってるんだ、おまえは」

「先輩、そのリアクションは面白くないっすよ」

「面白さを期待するなら、おまえもわかりやすい前フリをしてくれ」

「おっと、夫婦漫才に持っていこうとしてもそうはいかないっすよ。これはガチの話です」

ぐぐっ、と冷泉は春太の手を掴んだ両手に力を込めてくる。

「先輩ってえっちしたことあるんすか？　ちなみにボクはまっさらな処女です」

「……おまえ、汚いぞ。なにがまっさらだ。先に言われたら、答えるしかないじゃねぇか」

「先輩は、そういう人かなと思って先手を打たせてもらったっす」

「一応……経験はある」

馬鹿みたいだと思いつつも、春太は正直に答える。

「でしょうね、先輩ってこれで意外とモテますもんね……あー、くそっ、マジか！」

「お、おい」

後輩が珍しく感情を剝き出しにしている。

春太は、ちょっと怖いくらいだった。

「いえ、わかってたっすよ。なんか、カノジョっぽいちっこい人もいましたし」

「……ちっこいっておまえな」

「あ、中学んときもなんか怪しい気配があったような」

「……おまえ、マジで俺のこと見てたのかよ」

中学時代――確かに、春太にはそういうことがないでもなかった。

といっても、それはたいした話でもなかったが。

雪季が気づいていたかどうかも怪しい、恋愛とも言えないような話だ。

「いえ、中学の話も今の話も、お相手については詮索しないっすけど。全然しないっすけど」

「だいぶ気になってるようだな……」

春太の中学時代の思い出はともかく――

晶穂との付き合いは言いふらしてもいないが、特に隠しているわけでもない。

雪季や美波も知っているのだから、冷泉も知っていて不思議はない。

「だいたい、経験ないっていうなら、俺なんかじゃなくて――」

「経験ないからこそ、先輩にって話っすよ。わかってるくせに」

「…………」

「大丈夫っす、一回だけ。絶対にフーにはバレないようにしますから。自分の親友と兄貴がえっちしてたら、最悪ボクは友達の縁を切られるかもしれないですし。それは、絶対にイヤっす」

「……おまえ、そんな危険を冒してでも……？」

「そんな危険を冒してでも、犯されたいっす」

「犯す言うな」

ふぅーっと春太はため息をつく。

美波といい、今日はいったいどうなってるのか、と愚痴の一つも言いたかった。

だが、この後輩があまりに真剣なので口に出せない。

「あのな、冷泉。おまえ、勉強のしすぎで疲れてるんだ。一度帰って、今日はもう勉強しなくていいからぐっすり眠って、俺に言ったことを思い返してみろ」

「気の迷いでこんなこと言うほど、ボクは馬鹿じゃないっす。馬鹿じゃないのは、カテキョの先輩がよく知ってるはずっす」

「…………」

優しく諭しても効果はないらしい。

「それとも……ボク、可愛くないっすか？　そりゃ、おっぱいはフーにはかなわないっすけど、これでもクラスじゃ大きいほうなんすよ？」

「おいっ」

冷泉は摑んだままの春太の手を、制服越しに自分の胸に押しつけてきた。

確かに——晶穂はもちろん、雪季にも及ばないが、柔らかくてボリュームのある二つのふくらみが感じられる。

「お願いします、先輩！　ボク、こう見えてもプレッシャーに弱いんす！　でも、ご褒美があるってわかれば——」

「おまえ、めいっぱい受験をダシにしてくるなあ……」

もう疑う余地は無い。

少し——ほんの少し思わなくもなかったが、冷泉素子は春太に好意を持っているようだ。

そうでなければ、ネットカフェのペアシートで密着などしてこなかった。

あの状況で、可愛い女子中学生に密着されたら、変な気を起こさないほうが難しい。

冷泉は親友の兄を信頼している——と思っていたが。

信頼以外にも春太に向けている感情があった、ということらしい。

冷泉は、あの場でなにかが起きても受け入れる覚悟があった——のかもしれない。

「どうですか……私じゃダメですか？」

いつもとは違う——おそらく、冷泉の素の口調。

春太は、これを聞いたのは初めてだ。

冷泉が本気であることが、ビリビリと伝わってくる。

だが、相手は受験生で、精神的なショックを受ける返事をするほど非情にはなれない。

おそらく、この賢い後輩はそこまで計算しているのだろう——

「……受験に合格してから、まだ冷泉の気持ちが変わってないなら考えよう。受験でメンタルが追い詰められてるのは間違いないんだからな。合格すれば思い直すかもしれない」

「…………」

「悪いが、俺が言えるのは、ここまでだ」

「う、うーん……全然なんの保証にもなってないっすけど……それなら！」

ぎゅっ、と冷泉が強く抱きついてくる。

「お、おい、そろそろ離れろって」

「先輩、いきなりえっちは処女にはハードル高いと思うんすよ」

「は？」

「だから……」

冷泉はいつもニコニコしている顔に羞恥の表情を浮かべ、耳まで真っ赤になっている。

「だから、ちょっとだけ！　少しでいいから、ちょこっとボクにいたずらしないっすか？」

「いたずらって！」

「おっと、言い間違い。ちょっとでいいから……先払い、ダメっすか？」

もちろん、春太にも先払いの意味くらいはわかる。

「ちょっとで……ホントにちょっとでいいんです。先っぽだけでも！」

「おいっ」

「あ、失礼。それはジョークです。でも、少しでも先払いしてくれたら、さっきの先輩が言ってくれたことを信じて、あとは受験勉強にだけ集中するっす」

冷泉はそう言うと――白ブレザーを脱ぎ捨て、ぷちぷちとブラウスのボタンを外し始める。

当然、雪季が着ているのとまったく同じタイプの白いブラウスだ。

雪季がこれを着るところも脱ぐところも、数え切れないほど見てきている。

だが、別の女子が脱いでいるところを見ることになるとは――

「……あのな、さっきの質問、一応答えておく」

「どれっすか？　いろいろ言ったんで、自分でもなにがなんだか」

「はぁ……」

春太は冷泉の頬をそっと撫でるようにする。

「冷泉、おまえは可愛い。胸についてはノーコメントだ」

「……先輩らしいっす♡」

冷泉はにっこり笑って、また抱きついてきた。

既にブラジャーが剝き出しになっていて、コメントしなかったものの、やはり意外に大きな胸が押しつけられてくる。

本当にややこしいことになってきた。

春太は、可愛い後輩の胸の柔らかさと体温を感じながら、自分が幸せなのか不幸なのかもわからなくなってしまう。

第6話　妹は兄と親友の秘め事を知らない

　春太は一階のトイレから戻ってくると、雪季の部屋のドアから光が漏れていることに気づいた。

　真夜中、一時過ぎ——

「……あれ？」

「おい、雪季。寝るならちゃんと電気を消して——」

「あ、お兄ちゃん」

　一応ノックをしてからドアを開けると、雪季は机に向かっていた。

　もこもこしたパジャマの上に、薄手の毛布をかぶっている。

　さすがに、エロすぎるベビードールはあの夜限定だったようだ。

「……悪い、完全に寝てると思った」

「あはは、そう思いますよね。ちょっと気になるところがあって、勉強してました」

「そうか……」

　雪季は今は学校に通わず、昼間も時間をめいっぱい受験勉強に使っている。

　昼間頑張っている分、あまり夜更かしはしていない。

「今日は、氷川と──冷泉たちと勉強会もしてきたんだろ？　根を詰めすぎるなよ」

「はい、今日は特別です。私は体力ないですし、無理して身体を壊して、何日かロスしたらもったいないですからね」

「うん、わかってるならいいんだが」

そろそろ、冷え込みも厳しい時期。

普通に生活していても風邪を引きやすいのだから、体力の消耗は抑えたほうがいい。

「ひーちゃんれーちゃんとお勉強して、いろいろ気づきがあったんですよ。でも、お兄ちゃんもこんな時間まで起きてるのは珍しいですね？」

「あー、ちょっと〝レジェンディス〟ってヤツをやってみたんだよ」

「え、お兄ちゃんがバトロワ系は珍しいですね？」

バトロワ系は、大人数のプレイヤーが最後の一人になるまでキルし合うタイプのゲームだ。

レジェンディスは三人一組のチームで戦い、生き残ったチームがチャンピオンとなる。

基本プレイ無料ということもあって、世界中で大人気だ。

「CS64もSSランク内の順位上がらないし、ちょっとした気分転換だな」

「それはまだSランクの私への挑戦ですか？」

「ち、違うって。いや、操作感はレジェンディスもCS64と似てるし、ちょっとやってみたかったんだよ」

CS64は最上位ランクのSSに上がってからも、SSランク内での順位がつく。

春太はまだランク内では下位で、ほとんど上昇していない。

雪季が好きなゲームを一人で楽しむのは気が引けて、集中できていないのが原因だ。

気分転換に別のゲームをやってみたが、はかどっていないことは自分でもわかった。

「私もバトロワはちょっと苦手なんですよね。死んだらそこで終わりっていうのが。無制限にリスポーンできるCS64が合うんですよねー」

「俺もだよ。じゃあ、次はストバスでも鍛えて雪季にリベンジするか……」

「あ、ストバスはダメですよ。私が唯一お兄ちゃんに完勝できるゲームなんですから。強くなっちゃいけません」

「どうしても、ストバスではマウント取りたいんだな……」

春太の脳裏に、先日、ゲーセンのストGで完敗した惨めな記憶がよみがえる。

妹への忖度一切なしだったのが、余計に情けない。

「おっと、悪い。勉強の邪魔だよな。あまり無理するなよ？」

「あ、もう終わりにしますよ。ちょうどよかったです」

雪季は微笑んで、ぱたんとノートを閉じた。

「じゃ、お茶でも――いや、寝る前にお茶はよくないか。ホットミルクでも飲むか？」

「あ、はい。お兄ちゃんも飲むなら用意して――」

「さすがにそれくらい、俺もできるよ。ちょっと待っててくれ」

春太は雪季の部屋を出てキッチンに行き、カップに注いだミルクをレンジでチンする。

二人分のホットミルクを持って、雪季の部屋に戻った。

「ほら、雪季」

「ありがとうございます、お兄ちゃん」

雪季は嬉しそうにカップを受け取り、一口飲んだ。

「あちち、でも美味しいです。お兄ちゃんがあっためてくれたミルクは一味違いますね」

「味は変わらんだろ」

ははは、と春太は笑いながら雪季のベッドに腰掛けた。

年頃の女子なら、兄がベッドに座ったら怒りそうなものだが、もちろん雪季は一ミリも気にしない。

「あ、思い出しました」

「ん？」

「今日、れーちゃん来たんですよね。どうでした？」

「ああ、すげー気持ちよかっ――じゃない！　あれ、雪季も知ってたのか？」

「今、変なこと言いませんでした？」

「い、いや、なにも……」

「そうですか。いえ、れーちゃん、用があるって勉強会から抜けたんですけど、そのついでにお兄ちゃんにも話があるって」

「あ、ああ……受験に受かったらご褒美がほしいとか言い出してな」

春太はとりあえず、事実を都合良く抜き出して説明しておく。

「あはは、れーちゃんらしいですね。ご褒美ってなにをあげるんですか？」

「かなりガッツリ先払いしちまっ——いや、あげるものの決定権は俺にはなくてな」

「また変なこと言ったような……まあ、れーちゃんはいつもふざけてますけど、優しいですからね。無茶ぶりはしませんよ」

「……そうだな」

かなりの無茶ぶりだったことは黙っておく。

妹の親友へのイメージを、わざわざ壊すこともない。

少なくとも、春太は冷泉が真剣だったことは理解している。

だからこそ、どうしてもと冷泉にせがまれて、少しだけ——いや、かなりいろいろやってしまった。

さすがに冷泉がほしがったものを全部あげはしなかったが——

もしかすると、冷泉が悠凜館に合格したら本当に彼女がほしがるご褒美をあげることになるのだろうか？

それは、春太にとってもご褒美でないとは言えない。

冷泉素子は、中学でも有名な美少女だった。

春太の友人にも、一つ後輩の冷泉を狙っている男が何人かいたほどだ。

「あいつ、ずっと眼鏡外さなかったなあ……」

「え？　眼鏡？　れーちゃんがですか？」

「あ、ああ。ちょっと、冷泉とドタバタやっちゃってな」

「あー、れーちゃん、あれでけっこうふざけて暴れたりしますからね」

「だいぶ凄かったわ……」

自分でも〝クラスじゃ大きいほう〟と言っていた部分も、いろいろと使ってきた。

冷泉は、ネットでよからぬ知識を身につけてきたらしい。

「もー、お兄ちゃん相手になにしてるんですか、れーちゃんは。でも、れーちゃんは私たちの前でも全然眼鏡外さないんですよね。〝眼鏡があって初めて、ボクの顔はパーフェクト〟とか言ってますよ」

「ま、まあ、眼鏡似合ってるよな、あいつは」

「今使ってる赤フレームの眼鏡は、私が一緒に選んだんですよ。可愛いですよね♡　〝フーが一番好みに近いだろうから〟って言ってました。れーちゃんの好みは、さすがに本人が一番知ってると思いますけど」

あははは、と雪季は笑う。

おそらく、冷泉自身の好みではなく、春太と雪季の好みが似ていると予想したのでは。

春太はすぐにそう思ったが、もちろん口には出さない。

ちなみに、赤フレームの眼鏡は春太の好みに合っている。

「れーちゃん、お兄ちゃんの前でも眼鏡外さないんですね。実はそんなに視力悪くないのに」

無邪気な妹は、氷川だけでなく、冷泉の気持ちもまだ知らないらしい。

まるで雪季を蚊帳の外に置いているかのようだが——兄としては、受験勉強が大変な今、余計な情報を与えたくない。

冷泉も、同じ気持ちだろう。

とにかく、冷泉はその自信がある眼鏡っ子スタイルで春太に迫りたかったらしい。

「はー、お兄ちゃんのミルク、美味しかった……これでゆっくり眠れます」

「俺のミルクって……いや、邪魔して悪かったな。カップは俺が洗っておくから」

「サービスいいですね、お兄ちゃん」

「受験が終わるまでは、サービス期間中にしとくよ」

「私からお返しできるサービスは、これくらいです♡」

ちゅっ、と雪季が一瞬だけキスしてくる。

「大サービスだな。じゃあ、ついでに」

「はい♡　やんっ♡」

春太が雪季のパジャマ越しに胸に軽く触ると、妹は嬉しそうに笑う。

「もー、お兄ちゃん。おっぱい触るだけでいいんですか♡」

「他も触っていいのかよ。いや、やめとこう。カップ、洗ってくるな」


春太は二人分のカップを持って、再びキッチンに向かい、しっかりと洗う。

雪季は家事が丁寧なので、兄としてもいい加減な仕事はできない。

「ふー……あれ？」

二階に戻ってくると、雪季がぽつんと廊下に立っていた。

「どうしたんだ、雪季？　もう寝るんじゃないのか？」

「え、ええ、そのつもりなんですけど……」

「……ちょっと、ゲームやるか。一時間くらいならいいだろ」

「い、いいんですか！」

ぱぁっと雪季が目を輝かせる。

なんとなく、妹が言いたいことを察しただけだが、大当たりだったようだ。

今日は昼間に勉強会、夜も遅くまで勉強——となれば、気分転換もしたいだろう。

「あ、でも……私は眠くなったらお昼寝もできますけど……」

「ん？」

雪季は学校に通っていないので、いくらでも寝ることができる。

昼間でも眠ければ軽く寝て頭をすっきりさせてから勉強するように、と春太が指示している。

「お兄ちゃんは明日も学校ですよね？」

「別に、一時間くらい睡眠が減っても、なんでもねぇよ」

ははは、と春太は笑う。

春太は部活もやっていないので体力は落ちているが、それでも元のスタミナ値が高いからか普通よりは耐久性は充分だ。

「あ、そうだ。ちょうどいいか」

「なにがですか？」

「ちょっと待ってろ」

春太は自室に戻り、クローゼットに隠していたものを取り出す。

すぐに使えるようにしておいて、正解だった。

手早くやれば、用意するのに三分もかからない。

「よし……いいぞ、雪季」

「なんですかぁ？　あ、Ｖｉｉ　Ｖじゃないですか。久しぶりに見ました」

「それと、これも」

「え？　あっ、あああっ！」

「って、おい。父さんが寝てるんだから」

「むぐむぐ……ご、ごめんなさい」

大声を出した雪季の口を、春太はとっさに手で塞いでいた。

解放すると、雪季が申し訳なさそうに謝る。

「パパ、起きちゃったでしょうか……？」

「特に物音はしないな。大丈夫か」

「よかったー……ブラック企業並に働いてるパパを夜中に起こしたら悪いですからね」

「まあな……」

春太も、父親に思うところはあっても、熱心に働いてくれるおかげで何不自由ない暮らしができているのだ。

それがわかっているから、正面から責めるようなこともできない。

「で、でも、それ、どうしたんですか？　昔、お兄ちゃんが無くしちゃった初代『ストバス』の通常パッケージじゃないですか」

「よく覚えてんな。やっぱ根に持ってたか……」

「あ、いいえ。もう怒ってないですよ？」

「あんときはすげー怒られたもんな。雪季ってこんな怒るヤツだったっけって、別人を疑ったくらいだよ」

「そんな疑惑が……でもこれ、よく見つけましたね？　私もたまにショップとかネットでも探してたんですが……」

「ウチの店で見つけたんだよ。プレミアついてないから、あんまり情報も出回らないもんな。偶然に期待するしかなかったが、まさかこんな身近で見つかるとは」

「凄いですね、お兄ちゃん持ってる人ですね！」

「ただの偶然だけどな。一応、起動させてみて普通に動くのも確認してる」

「わぁ……！　お兄ちゃん、やりましょう！　早く二人で、むさぼるようにやりましょう！」

「あ、ああ」

雪季はだいぶ興奮しているようで、春太の服を掴んでぶんぶんと揺さぶってくる。

とりあえず、二人で春太の部屋のモニター前に座ってゲームを立ち上げた。

「わぁぁぁ……これ、これです！　もうタイトル画面だけで泣きそうです……！」

「そこまで感動されるとは」

「は、始めましょう。お兄ちゃんをボコボコにして、幼き日の快感を取り戻したいです……！」

「感動じゃなくて快感なのかよ」

雪季は、ストバスを遊ぶときだけキャラが変わるようだ。

妹のお願いに応じてさっそくゲームを開始する。

さすがに古いゲームすぎて、二人とも操作がおぼつかなかったが、雪季のほうが先に感覚を取り戻したらしい。

「いえーい、また私の勝っちでーす♡」

「楽しそうだな、雪季……」

妹への忖度も接待も一切無しなのに、春太は完全にボコられている。

やはり、今日いろいろあってメンタルが乱れているせいで、ゲームに集中できていない。

「次、もっかい行きましょう。今度はこのキャラをピックしちゃいますかねー」

「最弱キャラじゃねぇか。舐めプが始まろうとしてる……」

「ふっふふー、私に一度でも勝てたらガチでやってあげますよ」

ここまで楽しそうな雪季は、久しく見てなかった気がする。

墓参りの帰りのゲーセンでも、こんなに楽しそうではなかった。

「おかしいな、雪季のメンタルがもうダメになったとき用に買っといたのに、むしろ俺がダメじゃねぇか、今は」

「え？　メンタルがダメ……？」

「あ、ちょっと今日は疲れたからな。松風とバスケやったり」

「そうなんですか？　じゃあ、その動画見せてください」

「あのな、ＵＣｕｂｅｒじゃねぇんだから、バスケやったくらいで撮影しねぇよ」

「えぇ……お兄ちゃんのバスケやってる姿、見たかったです……」

「そんな落ち込まなくても。そのうち、松風誘ってどっかでやってみせてやるよ」

「ほ、本当ですか」

雪季は、ぱっと顔を輝かせる。

素人のバスケ姿など、見ても面白くないと春太は思うが、雪季にはＮＢＡの試合のようなものらしい。

ちなみに、この会話中も兄妹のストバス対決は続いている。

というより、春太がボコられ続けている。

「くっそ、雪季はメンタル安定してんな。追い詰められても冷静に反撃してくるじゃねぇか」

「……そうでもないですよ」

「ん？　もしかして勉強、進みが悪いのか？」

「そうではないんですけど……」

「雪季、なにかあるなら言ってみてくれ」

「は、はい。たいしたことではないんですけど……」

雪季は春太を激しくボコって、軽く勝利を収めるとコントローラーを床に置いた。

「実はママから連絡が来まして……」

「そういや、冷泉がそんな話してたな。なにか重要な連絡だったのか？」

「すみません、黙ってて。一度、あっちに行かなきゃいけないらしいんですよ」

「黙ってたのはいいけどな。母さんの家に行くのか。いつ？　何日くらいだ？」

「できれば、すぐにでも。期間は二日くらいですけど、その間は勉強できないかもしれないので、今のうちにできるだけ進めておこうかなと」

「それで今日、遅くまで頑張ってたのか」

「あっちの中学にも行って、やることがあるらしいんですよ」

「え？　ああ、雪季は一応まだ向こうの中学に籍があるもんな」

雪季は中三の秋に再転校というわけにもいかず、田舎の中学に在籍したままだ。

向こうの中学側も、無責任にほったらかしというわけにもいかないのだろう。

「それで……霜月さん。えっと、お兄ちゃんも知ってるポニーテールの人なんですけど」

「…………」

奇遇なことに、数時間前にその名前を聞いたばかりだ。

「霜月さんがなぜか私があっちに戻ることを知ってるみたいで……会わないかって連絡してきたんですよ」

「……マジか」

春太がつぶやくと、雪季はこくんと頷いた。

思い切り気が進まないようだ。

それはそうだろう、霜月は自分をイジめていたグループの主犯なのだから。

そうなると——今、春太が妹に言うべきことは一つしかない。

「雪季、俺も付き合うよ。母さんにも会いたいしな」

「お兄ちゃん……！」

普通に考えれば何事もなく終わりそうなイベントではあるが、どうなることか。

トラブル続きの自分を信じられるほど、春太も楽観的ではなかった。

【Interlude】

「寒っ……」

晶穂は歩きながら、身をすくめる。

寒さには強い自信があるが、もう秋も深まった今、パーカーだけではそろそろ厳しい。

下はタイトなミニスカートにニーソックス。

脚も防寒したいところだが、女子として最低限のオシャレは譲れない。

スカジャンをそろそろ出す時期かと思った。

見た目は割と清楚に見える晶穂だが、派手なスカジャンが不思議とよく似合う。

雪季ほどではないが、晶穂もそれなりに服装には気を遣っている。

モテたいわけではなく、ロッカーには見栄えも必要だと信じているからだ。

晶穂が歩いているのは、暗い夜道だ。

人通りは少なく、たいていの女子高生は歩くのをためらうだろう。

だが、晶穂はたいして気にならない。

小柄だが可愛い晶穂は、中学生の頃から何度となく男にちょっかいをかけられている。

夜道で不審な男に声をかけられたこともある。

それでも、晶穂は春太にも話したとおり、運動能力には自信があり、多少の危機は自力で切り抜けられるつもりだった。

子供の頃から、男子相手のケンカでも負けたことがない。

実兄の春太と体格はまるで違うが、腕っ節の強さは同じ遺伝子を継いでいるようだ。

「あ、コンビニコンビニ」

晶穂はコンビニの灯りを見つけ、街灯に群がる蛾のようにふらふらと引き寄せられていく。

熱いカフェオレと肉まんを買い、コンビニを出て少し歩いた。

そこに、小さな児童公園があった。

ブランコと滑り台があるだけで、人影は見当たらない。

既に午前零時を過ぎている。こんな時間に公園で遊ぶ子供もいないだろう。
「あー、甘いカフェオレが染みる……！」
晶穂は、公園入り口の柵に腰掛けて。
カフェオレを一口すすり、ふうっと息をつく。
この公園は、晶穂の自宅からはかろうじて徒歩で行けるくらいの距離だ。
だが、晶穂は幼い頃から何度となくこの児童公園を訪ねてきている。
初めてこの公園に来たのは、四、五歳の頃だった。
ギリギリ物心がついた頃——晶穂の記憶もさすがにおぼろげだ。
「あたしって、けっこう女々しいっつーか……まあ、女なんですけど」
ボソボソと小声でつぶやく。
幼い頃、初めて母に連れられてここに来て——〝兄〟を見た。
それから数日後に、自力でまたこの公園に来て、運良く〝兄〟を見ることができた。
そのときはまだ、兄の名前は知らなかった。
「ずっと、〝ハルタロー〟って思ってたんだよね」
思わず、苦笑いしてしまう。
兄がこの公園でよく遊んでいたのは、彼の〝妹〟と。
背の高い、やたらと元気な赤毛の少年。

その少年のほうが、兄を〝ハルタロー〟と呼んでいたのだ。

晶穂は何度となくこの公園を訪ね、空振りに終わることも多かったが、兄の姿を見られることも少なくなかった。

ただ、公園の外から眺めるだけで声をかけることなどできなかった。

マツカゼという少年、フユという妹。

兄が一緒に遊んでいる相手は、日によって顔ぶれが違っていたが、この二人が圧倒的に多かった。

マツカゼはいいとして、妹ってなに？

幼い晶穂は、疑問に思ったものだ。

あのハルタローが兄なら、あたしが妹なんじゃないの？

思えば思うほど、あのフユと呼ばれる女の子の存在が不思議だった。

フユは、凄く可愛い。

おにいちゃん、おにいちゃんと舌っ足らずな声で甘えて、いつも楽しそうに笑ってる。

だけど、あたしはお兄ちゃんと呼べない。

お母さんはあたしに嘘をついたのだろうか？

晶穂は、そんな疑いすら抱いていた。

だが一方で、どうしてもハルタローから目を離せなかった。

母親にバレないように気をつけて、頻繁に公園に足を運んでいた。
それをやめたのは、いつの頃だっただろう――

『フユちゃんはねー、おにいちゃんとけっこんするんですよ』

聞こえてきた声に晶穂は驚き、なぜかその場から逃げ出してしまった。
フユは妹であるだけでなく、兄と結婚までするつもりなのか。
晶穂もまだ幼かったが、兄妹が結婚できないことくらいは知っていた。
それでも、フユの無邪気な一言が、奇妙なほど怖かった。
あの子は、自分からすべてを奪おうとしている――そんな風に思ったのかもしれない。
怖くて、このあとは公園を訪ねるのをやめてしまったほどだ。
今思えば、我ながら打たれ弱すぎると苦笑いしそうになるが――
「あたしって打たれ弱いんだか、執念深いんだか……」
肉まんの最後のひとかけらを口に放り込み、ぬるくなったカフェオレで流し込む。
やっぱり執念深いのかも、とため息が出る。
数年越しに再び、あの〝兄妹〟を追いかけ始めているのだから。
とっくにやめたはずの公園通いまで、また再開してしまうとは――

「……帰ろ」

晶穂は身を翻し、コンビニのゴミ箱にカフェオレのカップと肉まんの敷紙を放り込み、家のほうへと歩き始めた。

「ん？」

同時に、晶穂のスマホにＬＩＮＥメッセージが着信する。

「なんだ、ハルタローか」

春太は遅くまでゲームで遊んでいるらしく、夜中でも普通にＬＩＮＥを送ってくる。

晶穂も宵っ張りで、今夜のように真夜中に外をうろついたりもするので、問題はないが。

ＬＩＮＥの内容は、いつものように雪季のことだ。

そして、いつものように春太が唐突な事態に翻弄される展開になりそうだ。

「またもや、世話の焼ける〝お兄ちゃん〟か」

晶穂は、ぽちぽちとスマホを操作してメッセージを返信する。

この事態に、自分がどうするべきかは決まっている。

成績に釣り合うから、というだけで入学を決めた悠凜館高校。

神のいたずらなのか、同じ教室で兄と再会してしまった。

誓って言うが、晶穂は春太が入学する高校を知らなかった。

公園に会いに行かなくなって十年ほど経っていたが、兄のことを忘れるはずもない。

しかし、いつしか春太もあの公園で遊ぶ歳ではなくなり、晶穂は偶然に期待して会いに行く気にもなれなくなった。

だから、ずっと会っていなかったというのに。

自分でもなにをしていたのかと思うが、晶穂はずっと兄の苗字すら知らなかった。

教室で再会した兄が、桜羽――ハルタローではなく、春太という名前だと知った。

ついでに、晶穂を誤解させた犯人にも再会したが。

『まあ、キモいね』

これが、晶穂の兄への第一声だった。

高校生になっても未だに〝妹〟にべったりな兄に呆れたのと同時に――

もっともっと大きな感情を隠すための、本心からかけ離れた一言だった。

雪季のことが怖くなり、逃げ出してから十年。

あのとき、晶穂が春太をただの兄だと見ていたら、逃げ出すこともなかっただろう――

あたしは、あの頃から兄に恋していたのかもしれない。

そう、気づいていた。

第7話　妹はすごく眠たい

十一月も中旬に入った土曜日——

春太と雪季の兄妹は、駅のホームで電車を待っていた。

行き先は、むろん兄妹の母の家。

目的は、雪季が向こうの中学で受験関係のいくつかの手続きを済ませること。

それと、母親に子供二人の顔を見せること。

元々ママっ子だった雪季はもちろん、春太も育ての母にたまには会っておきたかった。

「うーっ、今日はだいぶ冷えますね」

雪季は冬用の厚いコートを着てマフラーまで巻いて、完全装備だ。

この妹は、寒さに弱い仕様になっている。

もっとも、コートの下はミニスカートで生足を出していて、オシャレを捨てきれないところが雪季らしい。

「あっちはもっと寒いらしいぞ。つーか、あの辺は十一月に初雪が降ることもあるとか」

「えーっ……ママには悪いですけど、引っ越してよかったです……」

「だろうな。つっても、俺も寒いのは苦手だけどな」

「あはは、そうでした。昔、お兄ちゃん、ヒーターの前で丸まって動きませんでしたよね」

「よく覚えてるな、そんなの……」

現在の桜羽家ではエアコンしか使っていないが、昔はなぜかヒーターも使っていた。

春太が一番のヘビーユーザーだったのは自分でも覚えている。

「晶穂さんはけっこう薄着ですね。寒くないんですか？」

「んー、あたしは全然。あっちでもこれで平気だと思うよ」

「………」

雪季の隣には、黒髪ロングにピンクのメッシュを入れた小柄な少女――月夜見晶穂がいる。

胸元がざっくり開いたピンクのタンクトップの上に花の刺繍が入った黒いスカジャン、さらにデニムのミニスカート、黒のタイツ。

確かに、今日の気温にはふさわしくない薄着だった。

「晶穂、寒くても俺の上着は貸さないからな？」

「おやま、冷たい。カレシとは思えない冷酷さだね」

「今ならまだ引き返せるぞ」

ここは、春太たちの家から最寄りのターミナル駅だ。

晶穂の自宅までも、三〇分もかからずに帰り着ける。

「さらっとあたしを追い返そうとしてる件について。雪季ちゃん、君のお兄さんは妹と二人きりで旅行したいらしいよ」

「お兄ちゃーん……意地悪しちゃダメですよ」

「わかった、もう言わない」

「カレシがあたしの言うことより、妹さんの言うことを素直に聞く件について。いんや、わかってたんで、別にいいけどね」

はーっ、と晶穂がわざとらしい大きなアクションで肩をすくめる。

その肩にはギターケースが引っかけられている。

別にギターは必要ないのだが、ロック女は常に楽器と一心同体らしい。

「でも悪いね、雪季ちゃん。あたしまで一緒に行かせてもらって」

「いいえ、全然ＯＫですよ」

雪季はニコニコ笑っている。

おまえ、晶穂のこと好きじゃないとか言ってなかったか？

と思うが、口には出せない春太だった。

「あ、すみません。ママから電話です」

「ああ」

春太が頷くと、雪季は少し離れてスマホで話し始めた。

向こうで待っている母親から、予定通りに出発したかの確認だろう。

「おい、晶穂」

「まあ、待って。外だし、妹さんもいるんだからあまりがっつかれても」

「誰が身体を求めたんだよ。そうじゃなくて、なんでおまえも一緒なんだよ」

「この前、ハルのパパさんにはご挨拶したから、次はママさんかなと思って」

「……斬新なご挨拶だったな」

まさか、別の意味でカノジョが自分の父親を「お父さん」と呼ぶとは。

いや、実際に晶穂が父と呼んだわけではないが——意外すぎる初対面だった。

「まあ、ハルが不安になるのもわかるよ。桜羽家にとっちゃ、あたしの存在そのものが爆弾みたいなもんだからね」

「自分で言うなよ。まあ……実際、そっちの心配もあるがな」

「大丈夫だよ、魔女も雪季ちゃんママのことはよく知らないって言ってたじゃん。雪季ちゃんママのほうも、あたしのことなんて知らないよ」

「そうだが……そういや、魔女さんの許可はもらってきたのか？」

「お土産は、おそばと野沢菜がいいってさ」

「……意外と渋い趣味だな、秋葉さん」

とりあえず、晶穂はきっちり親の許可を取ってきたらしい。

どこか浮世離れしていても、晶穂もまだ高校一年生の女子。

親に無許可で泊まりがけの旅行に出るほどいい加減な家庭でもないのだろう。

「えっ、本当ですか、それ！」

「……ん？」

春太が振り向くと、雪季がスマホで話しながらびっくりした顔をしている。

「あ、はい……じゃあ、その話もそっちで詳しく聞かせてください」

雪季は自分が大声を出したことに気づいていないらしく、話を続けている。

「なんだ？」

「なんだろーね。ま、たまにしか会えない親子なんだから、驚くような話もあるんじゃない？」

「そんなもんかな……」

必要があるなら、雪季のほうから話してくるだろう。

とりあえず、春太は追及しないと決めた。

「お兄ちゃん、晶穂さん、お待たせしましたぁー」

「ああ」

「聞いてください、お兄ちゃん。ママってば本当に過保護ですよね。お兄ちゃんも一緒なんですから、電車を間違えたりするわけないのに」

「一人だと間違えると自覚してんだな、雪季」

春太のカンだが、雪季が驚いたのは母の過保護さではないだろう。

「うーん、果たして過保護なのはママさんだけかなー？」

「晶穂、無駄口叩いてると置いてくぞ」

「無駄口叩いちゃダメな旅行ってあんの？」

「そうですよ、お兄ちゃん。もー、まだ意地悪続けてるじゃないですか。なんで晶穂さんにだけそんなに意地悪いんです？」

「それはほら、雪季ちゃん。家族の前でカノジョとイチャつくのは恥ずかしいから、逆に意地悪くなってるみたいな？　ツンデレかな？」

「あー、なるほど、なるほど」

「なるほど、じゃねぇって……」

旅はこれからだというのに、春太は頭が痛くなってきた。

やはり、晶穂の同行は拒否しておくべきだったかもしれない。

春太が知らないうちに、雪季と晶穂がやり取りして話は決まっていた。

反対する理由も特にないので、春太が知っていても結果は同じだっただろうが。

そうこうしているうちに電車が来たので、三人で乗り込む。

幸い、座席が空いていたので春太の両側に女子二人が座る形で並んだ。

ここから急行電車で三〇分、乗り換えて六〇分、さらにそこからローカル線で四〇分。

乗り換えや徒歩での移動など、諸々含めて三時間近くの旅だ。

ただ――

春太は以前に一度、同じ目的地まで原チャリで走ったことがあるが、それに比べれば今回の旅はなんと快適なことか。

両隣に可愛い女の子二人がいて、座っていれば目的地に着くのだから。

「……すー……すぅー」

「あれ、雪季ちゃん寝ちゃった？」

「らしいな。三〇分で乗り換えだってのに。昨日、寝られなかったっぽいな」

「ふーん……寝顔可愛すぎでしょ。こりゃ見物料巻き上げられるレベル」

「できれば、金を払ってでも人に見せたくねぇな」

春太も、さすがに妹の寝顔まで独占しようとは思わないが。

「でも雪季ちゃん、寝られなかったって……前の家に戻るの、そんなに気が重いのかな」

「そりゃそうだろ。向こうでいろいろあったから、戻ってきたんだぞ」

母が住む町は、雪季にとってはあまりいい思い出がない。

それに加えて、自分を吊るし上げた霜月との会見もセッティングされている。

意外と気が小さいこの妹が緊張で眠れなくても不思議はない。

「ま、寝かしといてやるか。それで、晶穂。話の続きだ」

「なんだっけ？」

「マジで、なんでついてきたんだ？」

「そりゃあ、これでも一応ハルのカノジョだからね。カレシが妹さんと浮気しないか心配で」

「妹さんと浮気」

　とんでもないパワーワードをほざくロック少女だった。

「ほら、『あんた、この前あたしが知らない女と歩いてたよね！』『ああ、あれは妹だよ』『なーんだ、浮気かと思ったー』とかよくある勘違いだけど、ハルの場合は妹さんとの関係が一番怪しいからね」

「よし、そのよく回る口を閉じるか」

「あー、これでもチャンネル登録二〇〇〇人の人気ＵＣｕｂｅｒだからね。カレシからのＤＶを暴露したら炎上するよ」

「……だいぶ増えてよかったな」

　もちろん、大人気とは言いがたい数字だ。

「この前の文化祭のステージ、顔が出てない謎の女バージョンで投稿してたよな。あれでもダメか」

「やっぱ、出し惜しみしないで顔を見せるべきかな。ギターと歌だけじゃ、プロでも登録数一万いくのは難しいらしいし」

「いや、顔を出すのはマジやめとけ……」

晶穂は間違いなく美少女だし、人気が出なくてもストーカーがつく可能性は大いにある。

「カップルで出てるＵＣｕｂｅｒもいるよ。ハルも出てみる？　背が高くて細いから、ぱっと見はかっこよく見えるかもよ？」

「よく見るとかっこよくなくて悪かったな。その辺、雪季が起きたら聞いてみよう」

「プライドもなにもないね、ハル。雪季ちゃんだけは兄貴をイケメンアイドルよりかっこいいと思い込んでんだから」

「カノジョの意見も聞いてみたいところだな……」

今日の晶穂は、いつも以上に言いたい放題だ。

それにしても、カノジョだの妹だの、複雑な気持ちになる単語が飛び交っている。

春太は、ただでさえこの旅に嫌な予感がしてきているのに、晶穂のテンションを見ていると不安が増してくる。

「ま、女子としてはカレシと旅行はしてみたいじゃん？」

「結局、そんなボンヤリした理由かよ」

春太は、晶穂が自分を騙していたとまでは思っていない。

裏切られた、とも思っていないのは自分が馬鹿だったからか。

晶穂が妹だと、頭のどこかで理解しているのか。

それとも——

晶穂が何者であろうと、彼女のことが好きなのか。

最後が一番まともで、それでいて救いがないようにも思えてしまう。

「雪季ちゃんと、もっと話をしてみたいしね」

「なんでだよ」

「ひょっとしたら、あたしがいたかもしれないポジションにいるんだから」

「…………」

晶穂は、春太の実の妹——

一つ違っていれば、妹としてそばにいた可能性も否定はできない。

「だから、雪季ちゃんがどんな子なのか、もっと知りたいんだよ」

「……あのな、雪季はまだ知らねぇんだぞ。言っておくが——」

「大丈夫、あたしから明かすつもりはないよ。マジで、全然、まったく」

「そんなに強く否定されると逆に怪しいんだよ」

「自分で言うのもなんだけどね」

すっ、と晶穂はその小さな頭を春太の肩に乗せてくる。

「別にあたしは、悪いヤツじゃないんだよ。雪季ちゃんの幸せを邪魔する気もない。けどさ、一応——やっぱ、ハルのカノジョなんだよ」

「……そうだな」

相槌を打つ程度のことしかできない。

春太も、いつまでも問題を先送りにできないことはわかっている。

だが、いったいどうしろというのか？

晶穂が妹であることは、変えようがない。

普通に考えれば別れるしかないのだが、晶穂のほうにそのつもりがないようだ。

春太も、強引な形で晶穂との関係を断ち切るのはためらわれる。

晶穂をカノジョのままにはしておけないが、実の妹なのだから離れることもできない。

「一応、言っとく。この旅行が終わるまでに、俺は必ずなにかの結論は出す」

「さて、そう上手くいくかな？　あたしが先手を打つかもよ？」

「……まだなにかやらかす気かよ」

晶穂のほうは、なんだか面白がっているようだ。

腹は立つが、一方で春太は晶穂のそんな性格が嫌いでもない。

「くー……おにいちゃん……私もこれでＳＳランクですよー……」

「…………」

隣で、血の繋がらない妹のほうは無邪気な寝言をつぶやいている。

晶穂との関係をどうするか、それ次第で雪季との関係にも変化が起きるかもしれない。

そう思えば、慎重になるのもやむをえないところだった。

三時間近くの電車の旅――

結局、雪季はほとんど眠りっぱなしだった。

ずっと寝ぼけていたので、乗り換えでは春太が手を引いてやらなければならなかった。

「ふわわ……ねむたいです……」

「中途半端に寝るからだろ」

長時間の電車移動を終え、母の家の最寄り駅に到着した。

最寄りといっても、徒歩だと家まで三〇分以上かかるらしい。

「ハル、こっからどうすんの？　バス？」

「そうだな。でも、次のバスまで二〇分もあるなあ」

春太も電車でここに来たのは初めてで、勝手がわからない。

「おっかしいよね。電車もバスも本数少ないんだから、時間を合わせりゃいいのに。電車を降りたタイミングでバスが来てるもんじゃないの？」

「俺に言われてても。でも雪季、母さんは迎えにこられないんだよな？」

「ふぇ？　ママのおむかえおそいから、いつもおにいちゃんがきてました……」

「ダメだな、こりゃ。幼稚園児に戻ってる」

「よっぽど眠かったんだね。ハルはお母さんの家、知ってるんでしょ？」

「知ってるが、歩きだと遠いぞ」

「ゆっくり歩こうよ。そのうち、雪季ちゃんの目も覚めるだろうし」

「それもそうか……」

母も久しぶりに会う愛娘が寝ぼけて幼児退行していては困るだろう。

「じゃ、歩くか。ほら、雪季、転ばないように──」

「あのっ！」

「ん？」

突然、甲高い声が聞こえて、春太はそちらを向いた。

黒いセーラー服、シュシュで黒髪を結んだポニーテールの少女が立っていた。

「あれ、おまえは……」

「なに、ハルの現地妻？」

「そんなわけあるか！　そうじゃなくて──霜月、だったな」

「はい……霜月透子です。ご無沙汰してます」

霜月は、ぺこりと頭を下げ、ポニーテールの尻尾が揺れた。

「あ、あの……冬野さんも久しぶり……」

「……ふぇ？　とーの？　わたしはふゆちゃんですよ……？」

「気にしないでくれ、さっきまで寝てて、まだ寝ぼけてるんだ」

「そ、そうなんですか。冬野さんのそんなトコ、初めて見た……」

「だろうな」

雪季は人前では気を張るタイプなので、油断した姿はめったに見せない。

今は極度の寝不足と、春太がいる安心感で気が抜けているのだろう。

「つーか、俺たちの到着時間を知ってたのか、霜月？」

「いえ、学校に来る時間は聞いていたので、このくらいかなと……」

「現地妻じゃなくて、ハルのストーカー？　この男にわざわざつきまとうなんて、趣味悪っ」

「晶穂、ちょっと黙っていような」

「な、なんか冬野さんだけじゃなくて、凄い綺麗な人連れてますね、桜羽春太……先輩」

「俺はおまえの先輩じゃないけどな」

「こら、ハル。中学生にそんな冷たい言い方しないの。いい子じゃん」

「おまえは綺麗とか褒められたからだろ」

晶穂は美少女だが、背が低いからか〝綺麗〟という形容はあまりされないので、余計に嬉しかったのだろう。

「それで、わざわざ待ち伏せして、どうしたんだ？」

「あの、桜羽先──桜羽さん。少しだけ、二人でお話できないでしょうか？」

「………」

正直なところ、春太は今でも霜月には良い感情は持っていない。

だが、相手は中学生──年下の女子だ。

「ハル、行ってあげたら。雪季ちゃんは、あたしがちゃんと家に連れて行くから」

晶穂はこれでしっかりしているし、スマホの地図アプリを使えば問題はないだろう。

年下からのお願い、それにカノジョにまでこう言われたら──

「少しだけな。家にも中学にも行かなきゃいけないからな」

「は、はい」

どうも自分は妹だけでなく、年下の女子全般に甘いのかもしれない。

春太は、一瞬だけ赤いフレームの眼鏡っ子も思い出しつつ、そんなことを思った。

春太は、霜月に案内されて駅そばのカフェへと移動した。

カフェといっても、昔ながらの喫茶店という雰囲気の店だ。

春太は、オシャレなカフェよりこういう古びた店のほうが好みに合っている。

「一応、ここらにもカフェなんてあるんだな」

「田舎でもそれなりにお店はあります。流行りのチェーン店だって、なくもないんですよ」

「ふうん、そういうもんか」

もはやコンビニもないような田舎は、少なくなっているのかもしれない。

そこそこの都会で生まれ育った春太には、関係のない話だが。

春太はコーヒーを、霜月はミルクティーを注文する。

「……松風先輩が、ここでモーニングを四人前も食べてました」

「あいつ、マジで朝飯食ってったのか」

松風が霜月とその仲間たちを連れ出したとき、そんな話をしていた。

春太と雪季を二人きりにする口実なのかと思いきや、本当に朝食を食べに行っていたらしい。

「そういえば、霜月はなんで雪季が来ることを知ってたんだ？」

「担任の先生がぽろっとおっしゃったので……ウチの学校では、冬野さんの引っ越しはちょっとした騒ぎになったんです。クラスのみんなにも、冬野さんが学校に来るのは大事件なんです」

「なるほどな……」

雪季は、男子にも人気だったという話だった。

その雪季が学校を突然去ったのも、一時的とはいえ戻ってくるのも、中学ではビッグイベントなのだろう。

個人情報がダダ漏れだが、教師は深く考えずに生徒に情報を漏らしたのかもしれない。

「それで、俺に話ってなんだ？」

「もちろん、桜羽さんが私を嫌っているのはわかっています」

「そうだな、俺はおまえが嫌いだ。大人げないと思ってくれていい」

「……いいえ、当然だと思います」

霜月は神妙な態度だ。

あのとき、倉庫で雪季を吊るし上げていたときとはまるで別人だ。

霜月は黒髪ポニーテールがよく似合う、清楚な少女。

予備知識なしで会えば、たいていの男が好意を持つだろう。

しかし、農具倉庫での霜月の姿を見た以上、春太に好意を持てというのは無理な相談だ。

「霜月。もし、おまえが謝りたいんだとしたら、相手を間違ってるぞ」

「謝りたい……んでしょうか、私は？」

「知らねぇよ。おまえと話すのは二度目、トータル五分もしゃべってねぇだろ。そんなヤツがなにを考えてるかなんて、わかるわきゃねぇ」

ふうっ、と春太は息をついた。

そこにコーヒーとミルクティーが運ばれてきて、春太は一口すする。

「いや、意地悪い言い方ですまない。別に俺は、霜月をイジめようってんじゃない。確かにおまえはウチの妹をイジめてくれたが、これ以上兄貴の俺が介入しようとは思わない。もうイジメを再開ってこともないだろうしな」

仮に霜月がしつこく雪季をイジめたくても、絶対的な距離がある。

あるいは、雪季は今日を限りにもう二度とこの町には来ないかもしれない。

「こんなことを言うと、余計に桜羽さんに嫌われると思うんですが……私、イジめているという自覚がなかったんです。自分がイジメをしてたと気づいて、ゾッとしたくらいなんです」

「なんだ、被害者ムーブか？」

「ち、違います。私が加害者なのはわかってます！　松風先輩にも叱られましたし……」

「……だったら、これ以上なにもできることはないだろう。雪季はここでのことは忘れることにしてるし、俺もこれ以上関わるつもりもない」

「……蒸し返さないほうがいいですか？」

「できればな。それとも、霜月は自分がモヤモヤしてるから、それが晴れるまで雪季に付き合えって言ってるのか――って、まただな。悪い」

「いえ、責められたほうが楽かもしれません……」

春太は、つい霜月を前にしていると大人げなくなってしまう。

「そんなドMになることもねぇだろ。それにな」

「？」

「霜月も、もうすぐ受験だろう。推薦とかじゃなくて、普通に受験するのか？」

「え、はい。ちょっと遠くの高校を受けることになりますが、受験はします」

「だったら、余計なことは考えずに勉強に集中すればいい。雪季も、おまえが受験に失敗したりしたら、寝覚めが悪いだろう。妹は俺と違って性格がいいから、霜月が失敗したら本気で落ち込みかねない」

「そ、そうなんですか……」

　そうなんだ、と春太は内心で苦笑する。

　雪季はそこまでのお人好しなのだ。

　霜月たちの吊るし上げを録音していたりと、人がいいだけでもないが。

「っと、ちょっと待ってくれ」

　春太のスマホにＬＩＮＥが届き、メッセージを確認する。

【ふゆ】［お家に着きました］

【ふゆ】［ママは急なお仕事でお出かけしてて、戻りは夜です］

「………………」

　先に家に向かった雪季と晶穂は、無事に到着したようだ。

母親は転職した今も忙しいらしい。

その母親はまだ、〝息子のカノジョ〟とは会えなかったようだ。

このまま会わずに済ませてほしいくらいだが、それは望み薄だろう。

晶穂が春太の母になにを言い出すか、本気で怖い。

「とりあえず、妹は無事に目を覚ましたみたいだ」

「冬野さん、お兄さんの前では性格違うんですね……」

「家の中と外でキャラが違うのはあるあるだろ。霜月はどうなんだ？」

「……ウチは商売をやっているので、人より違いが大きいくらいかもしれません」

「ふうん、商売か。なにをやってるんだ？」

「旅館です。そんなに大きくはありませんけど、歴史だけは……」

「老舗旅館ってヤツか」

霜月は、こくりと頷く。

「それって温泉とか――っと、また雪季からだ。ちょっと待ってくれ」

【ふゆ】［ちょっと早いですけど中学行ってきます］

【ふゆ】［晶穂さんが付き添ってくれます］

【ふゆ】［先生と面談するだけなので大丈夫です］

「え？　あれ？　それでいいのか？」

「どうかしたんですか？」

「いや、雪季が今から中学に行くらしい。今、母親はいないみたいだが、保護者付きじゃなくていいんだろうか？」

「先生にはそこまで聞いてませんが、現状と進路の確認の面談ではないでしょうか？　冬野さんももう受験校は決まってるでしょうし、本人だけでも問題ないのでは」

「なるほど、それもそうだな」

　一応、雪季はまだこの町の中学に在籍している。

　形式上、学校側が受験前に確認しておきたいことがあるらしい。

「合格の報告も来なきゃいけないのかな。あ、卒業証書は受け取りに来ないといけないのか。いや、郵送してもらえるのか？」

「どうしても、妹さんをこの町に来させたくないみたいですね……」

「悪く思うな。ウチの妹は、あれでなかなか繊細なんでな」

　いつまでも兄が甘やかし続けるわけにもいかないが、守れるうちは守ってやりたい。

　今のところ、それが春太の方針だ。

「つっても、いきなりやることがなくなったな。母さんが帰ってくるのは夜か……」

「あ、でしたら！　ウチの旅館に来ませんか。温泉もありますし、立ち寄り入浴も受け付けてるんです」

「泊まらずに温泉だけ入れるんだな。そこは家族で混浴もできるのか？」

「はい、できま——って、まさか桜羽さん、冬野さんと一緒に入る気ですか？」

「……いいや」

しまった、と春太は脊髄反射で質問したことを悔やむ。

「あ、いえ。ご家族で入られる分には私たちは気にしていません。あまりお客様のことは話してはいけないんですけど……高校生の娘さんがご家族と入ったりするのは時々ありますから」

「ふーん……そんなものか」

春太は、家でも以前はよく雪季と一緒に風呂に入っていた。

最近は父親の警戒の目があるので、めったに入らなくなったが。

「桜羽さん、是非来てください。というか……桜羽さんと冬野さんに来てほしかったんです。もちろん、あの綺麗な小さい方もご一緒に」

「小さいって、おまえより年上だぞ、あいつ」

「あ、すみません……でも、ご招待させてください。もちろん、お代はけっこうですから」

「温泉か……」

もちろん、この旅の主目的は母親と会うこと、中学で用事を済ませることだ。

だが、母親が夜まで戻ってこないなら、無駄に時間を潰さなければならなくなる。

はるばるこんな遠くまで来て、家族と会うだけで帰るのももったいない。

そうなると――

「じゃあ、ありがたく招待を受けようか。雪季と晶穂――あの小さいのも合流させていいんだな？　ＬＩＮＥで連絡しとくぞ？」

「もちろんです！　是非三人でいらしてください！」

霜月はかなり乗り気らしい。

というよりは、最初から春太と雪季を旅館に招待して、少しでも罪滅ぼしをするつもりだったのかもしれない。

春太は、心ならずも霜月をチクチクとイジめてしまった。

別に、この中学生に多少やり返しても心は痛まないが――

「そうだな、実は霜月にも少し訊いておきたいこともあったしな」

「わ、私にですか？」

「この前、俺のアホな友達に会ったんだろ？」

「……はい」

霜月は頷いて、かぁーっと顔を赤くする。

どうやら、松風の話は冗談ではなかったようだ。

目の前にいる、この可愛い女子中学生と親友がベッドで——

嫌な光景が思い浮かびそうになり、春太は想像を振り払う。

「そのあたりの話、一応聞いておきたい。もちろん、話したくなきゃ無理にとは言わねぇよ」

「は、はい……」

意地の悪い切り出し方だったな、と春太は何度目かわからない反省をする。

しかし、この霜月の前だと平静ではいられないことを認めたほうがよさそうだ。


温泉旅館〝そうげつ〟——

霜月を〝そうげつ〟とも読むらしい。

「初めて聞いたな。まだまだ知らんことばかりだ」

そうげつの温泉に浸かりながら、春太はふーっと息をついた。

霜月透子の家は、予想以上に大きな旅館だった。

百年以上の歴史があり、威厳のある木造の建物も同じくらい古いらしい。

駅前のカフェからはかなり遠かったが、霜月が旅館の送迎バンを呼んでくれたため、あっという間だった。

「私の友達のお兄さんです」

と、霜月は旅館の従業員に説明していた。

雪季が霜月の友達、というところに引っかからないでもなかった。

だが、春太も細かいことで波風を立てる気はない。

旅館の従業員も商売っ気に欠けるようで、嫌な顔一つせずに春太を温泉に案内してくれた。

昼過ぎのこの時間帯は、本来は温泉は清掃中らしい。

春太のために、わざわざ開けてくれたようだ。

「ふぅー……こりゃいい湯だな……」

温泉など、あまり興味はなかったが、なかなか悪くない。

大きな露天風呂で、入る前はかなり寒かったが、一度浸かってみれば心地よい熱さだ。

「こりゃ雪季も喜ぶな。あいつ、寒がりだし、風呂も好きだし」

あとで雪季と合流したら、一緒に入るべきだろう。

温泉で大喜びする雪季の顔を見逃したくない。

「……晶穂はどうするんだろうか」

今のところ、春太は晶穂と一緒に風呂に入ったことはない。

終わったあとにシャワーを浴びるのは、一人ずつだった。

晶穂は風呂は一人で入りたいタイプで、春太も無理にとは言わなかった。

まさか、雪季と晶穂と三人で——ということはないだろうが。

「あの、桜羽さん……」

「ん？」

振り返ると——

「し、失礼します……」

長い黒髪を後ろでまとめ、裸の身体にタオルを当てただけの格好の——霜月透子がいた。

「お、お背中、流しにきました」

「……この旅館は、経営者の娘が背中を流すサービスやってんのか？　そりゃ客が殺到するだろうな」

「そ、そんなわけがありません。冬野さんのお兄さんだけの……サ、サービスです」

「…………」

俺に絡むと、頭がどうかする女子ばかりなのか？

つい、そんなことを疑ってしまう春太だった。


可愛い女子中学生が、裸で春太の後ろにいる。

そのＪＣは年下の女子に甘い春太でも、唯一意地悪く当たってしまう少女だ。

「……霜月、中学生にしてはずいぶん身体を張ってくるな」

露天風呂の洗い場――

春太は一応、腰にタオルを巻いた格好だ。

その春太の後ろにいる女子中学生が、泡立てたタオルで背中を洗ってくれている。

「中学生も高校生もありません。ただ、身体も張らずに反省してると言っても、納得してもらえないですから。私自身も納得できません」

「罰ゲームってことか？」

「そ、そういうわけでは……桜羽さん、背中広いですね……」

「無駄にでかいからな。つっても、松風ほどじゃねぇけど」

「…………っ」

びくっ、と後ろで霜月が硬直した気配が伝わってくる。

「私が松風先輩にお会いしたことは……知ってるんですよね？」

「ああ、一応聞いたよ。松風にいろいろぶちまけに来た……みたいなことを」

「……すみません、松風先輩は関係ないのに。つい、甘えてしまいました」

「それは別にいいんじゃないか。あいつ、後輩に甘えられんのは慣れてるからな」

「そんな感じでした……学校の後輩にも慕われてるんでしょうね。特に女子に」

「ああ、女子の後輩にはかなり甘いな。男の後輩には鬼みたいに厳しいが」

「そ、そうなんですか？　誰にでも優しそうな方なのに」

「厳しいのに、男の後輩にも慕われてんだよな、あいつ。俺もバスケやってた頃は、俺のほうが優しかったと思うが、あんまり慕われてなかったな」

「同じ部活だったんですか。やっぱり、お二人は仲が良いんですね」

「普通だ、普通。つーか、もう背中いいぞ。皮が剝けちまう」

「すっ、すみません！」

霜月が、タオルを握った手を、ぱっと背中から離す。

「今度は俺が霜月を洗ってやろうか？」

「えっ、ええっ⁉」

振り向くと、タオルを巻きつけた女子中学生の半裸があった。

「きゃっ……！　きゅ、急に振り向かないでください！」

「見られたくなきゃ、水着でも着てくりゃよかったのに」

「ウチの温泉は、水着入浴は禁止させていただいてるので……」

「変なトコ真面目だな、おまえは」

イレギュラーな貸し切り状態、イレギュラーなサービスなのだから、規則など気にする必要はないだろう。

「いや、いきなり悪かったな。心配すんな、松風のカノジョを奪うほど悪趣味じゃねぇよ」

「悪趣味って……いえ、私は松風先輩とお付き合いしていませんから」

「ん……？」

松風は、会いに来た霜月と最後までいった――というような話をしていた。

友人に話すのも無神経ではあるが、男子高校生はそういうものだ。

「松風先輩には……その、私が冬野さんの件で落ち込んでいたので……加害者なのに、被害者のフリをして落ち込んでいたのを慰めていただいただけで。思えば、恥ずかしいマネをしてしまいました」

「ふぅん……」

松風は、一夜限りの恋を楽しむほど軽くもないはずだ。

よほど、この可愛い女子中学生が気に入ったのだろうか。

雪季のことがあるので、春太としては複雑な気もするが、友人の恋愛に口を出すほど野暮でもない。

「たぶん、もう松風先輩にお会いすることはないですし……少なくとも、私のほうはそのつもりです」

「……会いたいっていうなら、俺が間を取り持ってもいいぞ」

「え？　いえ、今のは別に桜羽さんに催促したわけではなく、本当に本心です」

「なんだ、俺の勘ぐりすぎか」

やはり、女子の後輩に甘いのは友人だけではないようだ。

余計なお節介までしてしまったらしい。

「もう充分身体も洗ったし、もっかい浸かっていいだろ？」

「は、はい。もちろんです」

春太はできる限り霜月に見えないように、腰に巻いていたタオルを外してから温泉に浸かる。

「ふぁ……はー、あったまるなあ……露天はさすがに寒いが、こうして湯に浸かったときがたまらねぇな」

「ありがとうございます。ウチの温泉は疲労回復にも効果があるんですよ」

「そういうもんか」

春太は温泉の効能などはあまり信じていないが、熱い湯の気持ちよさは最高だ。

「あの……桜羽さん。私も失礼させてもらっていいですか？」

「俺に訊かなくても。霜月の計らいで、入らせてもらってるんだしな」

「し、失礼します……」

霜月は温泉旅館の娘だけあって、やはり温泉でのマナーにはこだわるらしい。

身体にキツく巻きつけていたタオルを、さっと外した。

ぷるっ、と意外に大きな胸が弾むようにしてあらわになった。

「ストップ！」

「えっ」

素早く腕で胸を隠そうとした霜月を、春太は鋭く制した。

「ふーん……」

「え、あのっ、そんなに見られてはさすがに……」

二つのふくらみをあらわにしたままの霜月が、かぁーっと真っ赤になる。

「D……はないな。Cカップってところか」

「そ、そうですけど、よく見ただけでわかりますね」

「ウチの妹がDだからな。それよりは小さい」

「……桜羽さん、冬野さんの胸も見たことがあるんですか……？」

ずっと申し訳なさをたたえていた霜月の目が、ゴミを見るような視線に変わっている。

「服の上から見たってわかるだろ。それにウチの妹は素直だからな。胸のサイズもあっけらかんと話しやがるんだよ」

むろん、春太は雪季の胸など生で数え切れないくらい見ている。

今そこにある、二つのふくらみと比較して、どちらが大きいか瞬時に判別できるくらいに、妹のおっぱいの大きさも目に焼きついているのだ。

「私の冬野さんのイメージと全然違いますね……慎ましくて……こんなことしてる私なんかとは別世界の、お嬢様っぽい人かなって……」

「少なくともお嬢様ではないな」

ただ、雪季は見かけは大人びているので、初対面だとお嬢様だと勘違いされることは多い。

「えっと、それで……そろそろ、身体を隠してもいいですか？」

「ああ、悪い、つい。あんだけ散々おまえに意地悪を言っといて、身体は見たいとかクズだよな。いや、俺も健康な男子高校生だからな。目の前に女子の裸があれば、そりゃ見たくなっちまって」

「……長々とお話しになってるところ申し訳ないですが、身体を隠す許可、いただけますか？」

「まあ、長々と話して、その間もうちょっと見ていようとしただけだ。浸かっていいぞ」

「ストレートに白状しますね……はい、失礼します」

ちゃぷっ、と霜月が湯に浸かり、春太の正面に座る。

濁り湯なので、胸が半分ほど隠れるまで浸かってしまうと肝心なところが見えなくなってしまう。

「知ってるか、霜月？　半身浴っていうのが健康にいいらしいぞ。浸かるのはみぞおちのあたりまでで――」

「半身浴くらい知ってます。というか、桜羽さん、まだ見たいんでしょうか……？」

「冗談だよ」

春太もそこまでがっついていない。

「なんか、おまえの弱みにつけこむみたいだったな。マジで悪ふざけがすぎた。すまん」

「い、いいえ……桜羽さんにならら、見られるくらいは別に……」

霜月は赤くなりつつも、本気で気にしていないようだ。

中学生にしては大胆——いや、霜月もかなり変わった性格らしい。

「それより、温泉を楽しんでいただけたほうが嬉しいです」

「ああ、いい湯だな。露天の雰囲気も最高だし」

「あ、ありがとうございます……」

「この旅館、けっこうお客さん多かったな。いい旅館じゃないか」

「おかげさまで……私は簡単な手伝いしかできていませんけど」

「中学生なんだから、まだこれからだろ。霜月は旅館を継ぐつもりなのか？」

「一応、そのつもりです。女将だった母が数年前に亡くなって、ずっと女将が不在なので、私が頑張らないと……」

「……そうか」

春太も家庭環境はかなり複雑だが、どこの家庭にも事情はある。

「父方は女性の親族がほとんどいなくて、女将になれるのは私しかいないんです。母方の親族はよく知らないんですけど。伯母とか従姉妹がいるみたいですが……って、そんな話はどうでもいいですね」

「まあ、俺は旅館のことはよく知らんが、先代女将の娘が継ぐのが一番だろ」

単純なイメージだが、旅館といえば女将。

それも美人女将がいれば、人気も上がるというものだろう。

霜月は今でも大人っぽい美人なので、あと数年もすれば立派な女将になれそうだ。

「す、すみません。ご招待したのに、長々とつまらないお話を」

「そんなにオドオドするなよ」

春太は、思わず苦笑してしまう。

「ま、いいもの見せてもらったし、もう俺にも気を遣う必要はねぇよ。雪季のことは——ほっといてくれりゃそれでいい」

「そ、そういうつもりでお見せしたわけでは……いえ、そうですね。少しはスタイルにも自信があったので、お詫びに使えるかと思ってました」

「ああ、松風からちょっと聞いたよ。霜月、このあたりじゃ可愛くて有名だったらしいな」

「そ、そこまでは言っていません！　いえ、ウチでも一応看板娘で……ちょっと天狗になっていたのは事実です。ですが、冬野さんには全然かなわなくて」

「それは仕方ねぇな。雪季は、そこらのアイドルとか足元にも及ばない可愛さだからな。かなわなくても気にするだけ無駄だ」

「桜羽さんは、シスコンなんですか……？」

「そうだ」

堂々と認める春太だった。

シスコン扱いにはとっくに慣れているので、今さら否定などしない。

「す、凄いですね……松風先輩に、一晩バイクを走らせて駆けつけたお話は聞いてますけど……」

「妹を大事にしたら頭おかしい、みたいな風潮は納得できねぇけどな。大事にしないよりよっぽどマシだろ」

「それはそのとおりだと思います」

霜月は意外に素直らしく、きっぱりと言い切ってきた。

春太の周りでもシスコンをからかってこないのは、松風と氷川・冷泉コンビくらいだ。

「つーか、なんの話をしてんだ。やめやめ。温泉から上がったら、もう全部忘れよう」

「ま、待ってください。忘れるって……私、全裸を見られて忘れるのは無理なんですけど」

「おまえが見せてきたんじゃないか？　いや、じっくり見せてもらったけどな」

「そ、それはそうです。私がお詫びの代わりにお見せしたんですけど……」

「充分なお詫びだな。そりゃ、松風も気に入るわけだ」

霜月透子は雪季や晶穂ほどではなくても美少女だし、スタイルも抜群だ。

おっぱいのサイズも、女子中学生としては充分すぎるくらいだろう。

「気に入ったって……別に、松風先輩には身体を見られたわけではありませんよ」

「それもそうか……って、待て。霜月、松風とヤったんだろ？」

「ヤ、ヤった⁉　え、えっちしたってことですか⁉」

「あ、すまん。つい、ストレートに」

ここまで曖昧にしてきたのに、思わずはっきり言ってしまった。

「し、してませんよ！　どうしてそう思ったんですか⁉」

「してない……？」

春太は頭がこんがらがってきた。

松風は、はっきりと「霜月とヤった」と言っていた。

親友は性体験を自慢するタイプでもない——春太はそう確信していたのだが。

「マジで？　マジで松風とヤってないのか？」

「そ、そんなに何度もヤったヤった言わないでください……む、胸を見られたのも桜羽さんが初めてですし……」

霜月は、さっと腕で胸を隠す。

むにゅっ、と柔らかそうな胸が腕に押されて潰れている。

「でも、胸を見なくてもヤることはヤれるだろ？」

「ず、ずいぶんこだわりますね。この前、松風先輩にお会いして……いろいろ吐き出したあと、

反省はしてます。本当にお恥ずかしいです」

頭を撫でられましたけど……それくらいです。いえ、急にお訪ねして、ちょっと甘えすぎたと反省はしてます。本当にお恥ずかしいです」

「………」

どうやら、さっき春太が松風の話を振ったときに霜月が赤くなっていたのは——甘えた自分が恥ずかしくなったからのようだ。

はっきり言って、春太は霜月透子に悪いイメージを持っている。

見た目が可愛くても、性悪だとすら思っているくらいだ。

だが、目の前にいる彼女が嘘をついているとは思えない。

そうなると——嘘をついていたのは、松風のほうだということになる。

「どうなってんだ……？」

「はい？　と、とにかく、誤解です。松風先輩はかっこいいですし、バスケも上手くて尊敬していますけど……え、えっちはしていません。そもそも、私はそういう経験は一度も……」

「……わかった。変なことを言って悪かった」

「それに、私が誰を好きになったのか、松風先輩もご存じで……」

「んん？」

「いえっ、なんでもありません！　私が処女だということだけ知っておいてください！」

「そ、そうか」

春太も、霜月透子と会うのは今回が最後だろう。

今、彼女が処女だという情報を知っても、特に意味はない。

「そ、そろそろ上がるか。雪季たちもすぐこっちに来るかもしれねぇしな」

「はい……そうですよね。実は、覚悟もしてたんですけど……」

「なんで残念そうなんだ……」

「どうして残念そうなのか、説明したほうがいいでしょうか……？」

「……いや、それは必要ないな」

春太は、霜月がなにを言いたいのか想像できたが、想像しないことにした。

霜月は胸を見せる以上のことも覚悟してた――そんなことはどうでもいいことだ。

春太にはカノジョがいて、可愛い妹がいる。

可愛い女子中学生の誘惑にあっさりと屈するほど、女子に飢えてもいない。

もっとも――雪季たちがもうすぐ合流してくる、という状況でなければ話は変わっていたかもしれないが。

男子高校生とは、恋愛感情や妹への愛情とは別の、性欲に翻弄されやすい生き物なのだ。

第8話　妹は疲れたけど温泉には入りたくない

温泉から上がる前に、霜月には少しだけ楽しませてもらった。

春太には、この後輩女子の反応を見る限り、〝未経験〟という話は事実のように思えてならない。

といっても、霜月には先日の冷泉への〝先払い〟ほどのこともしていない。

一線を越えてみれば、未経験かどうかははっきりするだろうが——

そこまでして確かめたいことでもない。

霜月が覚悟していたとおりのことをヤってしまったら、晶穂や雪季に申し訳が立たない。

最後までしなければ浮気ではない、というのも勝手な考えだが。

春太は、自分の感覚がやや麻痺してきている自覚はあった。

美波にいたずら半分で誘惑されたり、冷泉にご褒美を要求されたり、立て続けにいろいろ起きて、そのたびに流されてしまったせいだろうか。

「ふー……ちょっと寒いけど、雰囲気はいいな」

春太は温泉から上がり、浴衣と半纏を借りて旅館の庭を歩いている。

霜月は手伝いがあるというので、同行できなかった。

彼女の説明によると、〝そうげつ〟の庭から裏手にある山までが散歩コースになっているらしい。

敷地内は趣のある和風の庭園で、どこからか川のせせらぎも聞こえてくる。

「なんか、不思議と落ち着くな……」

春太が生まれ育った街は大都会とは言わないまでも、自然は少ない。

特に田舎への憧れなどはなかったが、静かな自然の中を散歩するのは悪くない。

ゆっくりと庭園内を歩きながら――

それでも、なかなか無になって自然を楽しむというわけにもいかなかった。

「まったく、松風もなに考えてんだか」

親友と妹のかつての同級生の関係など、割とどうでもいいことではある。

松風は裏表のない男だが、他愛のない嘘くらいは普通につく。

春太に、〝霜月とヤった〟などと嘘をついても松風が得をするわけでもないし、春太にも損はない。

そう考えれば、松風の嘘には特に意味はなかったのだろう。

少なくとも、今ここでＬＩＮＥなどで問いただすことでもない。

「ふー……」

「あ、お兄ちゃーん」

「おっ」

聞こえてきた声に振り向くと、たたたっと雪季が走ってきていた。

「ここにいたんですね、ただいま帰りました！」

雪季は春太の前まで来ると、無造作に抱きついてくる。

ふわっ、と茶色の髪からほのかに甘酸っぱい香りが漂う。

「お疲れ、雪季。中学の用事は終わったのか？」

「はい、無事に」

雪季は一歩だけ離れて頷く。

「先生にいろいろ訊かれましたけど、ちゃんと答えてきましたよ。模試の成績なんかも見せて、安心してもらいました」

「そうか。つーか、心配されてたのか、雪季」

「担任の先生、ちょっと頼りないですけど、面倒見のいい方なんですよ」

「ふーん……」

まあ頼りないだろうな、と春太は内心で頷いた。

なにしろ、クラスの女子の中心である霜月が目立つ転校生をイジめていたのに、なんの手も打てなかったのだから。

「あれ？　そういえば、晶穂は？　もしかして帰ったのか？」

「期待するみたいに言っちゃ悪いですよ。一人で田舎をブラブラしてみたいって、どっか行っちゃいました。曲のいんすぴれーしょんが湧くかも、とか」

「あいつ、マイペースすぎるな……」

元から、月夜見晶穂は空気を読まない——孤高のイメージがある少女ではあった。

最近は、春太を翻弄する悪女のイメージに変わっていて、すっかり忘れていた。

「お兄ちゃん、晶穂さんにもこの旅館の場所、ＬＩＮＥしてたでしょう。気が向けば来るんじゃないでしょうか」

「まあ、待つだけ無駄だろうな。つっても、待たずにひとっ風呂浴びちまったが」

「あ、お兄ちゃん。今さらですけど、浴衣姿、かっこいいですね♡」

雪季がニコニコ笑って、春太の姿を上から下まで眺めてくる。

「俺の浴衣姿なら、家族旅行でも見たことあるだろ？」

「前の温泉旅行ですか？　あれ、二年も前じゃないですか。あれからだいぶ背が伸びましたし……お兄ちゃん、姿勢もいいから浴衣似合うんですね」

「はは、雪季も似合うと思うぞ。温泉入ってきたらどうだ？」

「う、うーん……霜月さんにご挨拶しないわけにはいきませんよね……」

「あれ？　雪季、霜月には会わずに入ってきたのか？」

「あ、入り口の従業員さんに名前を言ったら、『お兄様が庭にいらっしゃいます』って案内してくれたんですよ」

「ああ、そうだったのか」

おそらく、霜月が従業員たちに話を通していたのだろう。

雪季と晶穂が来たら、春太のところに案内するように、と。

「いえ、霜月さんにご挨拶はします。わ、私も逃げ回ってばかりではいけませんから」

「無理はしなくても――いや、雪季が決めたのならそうすればいい」

春太は、妹の頭をぽんぽんと軽く叩いた。

雪季は恥ずかしそうに笑って、頷く。

「でも、その前に温泉入って、お兄ちゃんに浴衣姿を褒めてもらってパワーを充電してからじゃないと」

「別に温泉入らなくても、浴衣着ていいんだぞ？」

「私でも、それくらいはわかってます」

可愛い妹が、可愛い唇を尖らせている。

「慌てなくても、霜月さんは逃げませんから。あ、でも家族風呂は他のご家族が使ってて、使えるのは三〇分後らしいです」

「なんだ、確認しといたのか」

「はい、私に抜かりはありません」

どちらかというと、抜かりが多めな妹だが、春太は突っ込まなかった。

「少なくとも、表向きは血が繋がった家族なんですから、一緒に温泉は問題ないですよね」

「……まあ、霜月はそう思ってるだろうしな」

霜月は、春太と雪季を親の離婚で離ればなれにされた実の兄妹だと思っているはずだ。

父親と母親が一人ずつ子供を引き取ったことは、若干不自然ではあるが——

ついでに、高校生と中学生の兄妹が一緒に温泉に入ることはかなり不自然ではあるが——

「では、三〇分ほどお散歩して待ちましょう。ここ、いいお庭ですね」

「そうだな。この道を行くと、ちょっとした山になってるらしい」

「えっ……と、登山するんですか？」

「しない、しない。ここの庭が裏の山に繋がってるんだとさ。そこの麓まで行くだけだ」

「はぁ……安心しました」

体力に自信のない妹は、丘を登るのすら嫌がる。

「はー、でも空気が澄んでて気持ちいいですね。疲れた身体に清らかな空気が染み渡ります」

「おまえ、あれだけ寝たのにまだ疲れてるのか」

「あ、あれは……ちょっと眠れなかっただけで。疲れてるのは、先生と面談したからですよ」

「まあ、これでやることは済ませたし、あとは受験勉強に集中できるな」

「お兄ちゃん、今日は受験勉強はお休みです。集中するのは、家に帰ってからです」

「そうか、最後の息抜きだもんなあ」

「あーん、最後とか言わないでくださいっ」

雪季がぽかぽかと春太の肩を叩いてくる。

まったく痛くないし——そもそも、雪季が全力で殴ってきても、無駄に頑丈な春太には効かないだろう。

「はぁ……まだ十一月なのに、二月の受験までお休みがないなんて。クリスマスもお正月もないというんですか。神も仏もないというんですか」

「ねぇなあ」

「あーんっ、はっきり言わないでくださいっ」

再び、雪季のぽかぽか。

とはいえ、残念ながら受験生には遊んでいる暇などない。

特に雪季の場合は、若干特殊な条件で受験するのだから、万が一の事態だけはなんとしてでも避けなければ。

「今日は温泉浸かって、母さんとメシ食って、のんびりしていいから。メシは母さんがつくってくれるだろうし」

「私がつくりたいんですけどね。ママには、しばらく私のご飯食べてもらってませんし」

「母さんも、たまには自分のメシを娘に食わせたいだろ。やる気なんだから、甘えておこう」

「そうですね、お兄ちゃんもママのご飯、久しぶりに食べたいですよね」

「たまにはな」

春太には雪季の料理なら目玉焼きでもごちそうだが、母親の手料理はやはり特別だ。

両親が離婚する前も、母親は忙しすぎてここ数年はほとんど料理できていなかったが。

そういえば、俺って実の母親の手料理は食ったことないんだろうな——

春太は、不意にそんなことを思った。

生まれてすぐに両親が離婚して、春太は父親に引き取られている。

離乳食を食べさせてもらったかどうかも怪しい。

「あ、そうか。ママと一緒につくればいいんですよ。そしたら、私とママがお互いの料理を食べさせられますし」

「それが一番無難だな。俺と晶穂は食べる担当で」

「あはは、たくさんつくりますよ。晶穂さんって身体小さいですけど、どれくらい食べるんでしょうか」

「意外と食うんだよな。まあ、なんでも食いそうだし、晶穂はオマケなんだから贅沢は言わせねぇよ」

「もー、お兄ちゃん、晶穂さんに意地悪なのはダメですってば」

夕食で母になにをごちそうするか相談しつつ、兄妹は広い庭を歩いて行く。

落ち着いた雰囲気の中、可愛い妹と二人きり——悪くない。

春太は最高に気分がよかった。

このところいろいろあったが、やはり雪季と二人でいるときが一番落ち着ける。

景色も綺麗だし、周りも静かで——

「…………？」

春太は、ふと首を傾げた。

風景に、不意に違和感を覚えたのだ。

いや、違和感というよりは——

「ここ、見覚えがあるような」

「ここ、見覚えがある気がします」

春太の声とまったく同時に、横からつぶやきが聞こえてきた。

「…………」

「…………」

春太は、妹と顔を見合わせる。

雪季はきょとんとして、兄の顔を見つめてきていた。

「……俺ら、ここに来たことなんてないよな？」

「私、こっちに住んでたときも来ていないと思います……」

よくあるタイプの田舎の旅館――そう言ってしまえば、それまでだ。

あるいは、ＴＶで見たことがあるのかもしれない。

「霜月に、ＴＶで紹介されたことがあるか、訊いてみるか」

「うーん……あっ」

「すみません、ママからです」

雪季がスマホを取り出した。

ＬＩＮＥが着信したようで、雪季はメッセージを読んでいる。

「あ、早めに仕事が終わりそうだって言ってます」

「そうか。俺たちがここにいること、知らないよな？　母さんが家に帰って、俺らがいなかったら悪いな」

「いえ、さっき、温泉旅館に行くってＬＩＮＥしておきました」

「ああ、それなら多少遅くなっても……」

「でも、ママを待たせたら悪いので、温泉はあきらめて戻りましょうか」

「せっかくご招待されたんだから、温泉は浸かっていけ。それで霜月とのアレコレも手打ちにしやすいだろ」

「……なんかお兄ちゃん、霜月さんに優しくありません？」

「そんなことないだろ」

霜月には裸を見せてもらって、ちょっと楽しいことをしただけだ。

別に、春太が霜月に優しくするほどの理由はない。

「なんか怪し——あれ？」

「どうした、雪季？」

「……お兄ちゃん、これ」

「なんだ、母さん、なんかあったのか？」

雪季が差し出してきたスマホには、ＬＩＮＥのトーク画面が表示されている。

春太が画面を覗くと——

【冬野白音】［そうげつにいるんですか？］

【冬野白音】［春太も雪季も、透子ちゃんのこと覚えてたんですね］

「…………なんだこれ？」

「なんでしょう……」

春太と雪季は、また顔を見合わせてしまう。

冬野白音——母からのメッセージを普通に解読するなら。

春太と雪季、二人の兄妹は前から霜月透子と知り合いだった——ということになる。

春太と雪季は、三〇分経ったので温泉に入ることにした。

庭から旅館内に戻り、仲居を見つけて家族風呂に案内してもらい、脱衣所に入った。

その仲居によると、霜月はまだ忙しいようで、春太たちのところには来られないようだ。

とりあえず、春太は母親に『温泉に入ってから帰る』とだけ返信しておいた。

「霜月さんのこと……どういうことなんでしょうね……？」

「ＬＩＮＥで訊くのはやめておこう。込み入った話かもしれねぇし」

雪季の質問に答えつつ、春太は込み入ってるに決まっていると確信していた。

旅館〝そうげつ〟と、霜月透子の名前。

その二つを、春太たちの母親は知っている。

しかも、母からのＬＩＮＥは、春太と雪季が以前に霜月と会ったことがある——としか解釈できない。

それに加えて、春太も雪季も旅館そうげつの庭に見覚えがあった。

これはもう、春太と雪季、霜月透子の三人は過去に——雪季が霜月にイジめられるより前になにかがあったとしか思えない。

ただ、春太は今、そんな面倒そうなことは考えたくなかった。

「とにかく、温泉を楽しもう。せっかく貸し切り状態なんだしな」

「はい、そうですよね♡」

雪季もにっこり笑って頷いた。

妹は見た目は大人びた美少女で、頭も良さそうに見えるが、実は考えることが苦手だ。

余計なことを推測するよりは、のんびり温泉に浸かることを選ぶ。

春太としても、この可愛い妹には、そのくらいふわふわ生きてほしい。

「でも、さっき案内してくれた仲居さん、変な顔をしてましたね？」

「そりゃ、高校生と中学生の兄妹が一緒に風呂に入るって言えば変な顔にもなるだろ」

「家族ですよ？」

「霜月によると、年頃の娘がいる家族が一緒に温泉に入ることもあるらしいな」

「あ、そうですよね。やっぱり普通なんじゃないですか」

「普通……とまでは言えないんだろうな」

春太は、嬉しそうにする妹に苦笑を向ける。

旅館の仲居なら家族での入浴には慣れているだろう。

だが、雪季のような飛び抜けた美少女に慣れているわけがない。

「雪季が可愛すぎるんだよ。おまえみたいな女の子が、兄貴と風呂に入るっていうのが現実的じゃないんだろうな」

「そ、そうなんですか？　私の顔はあまり関係ないような……」

「美人がやると、普通のことでも驚かれるんだよ」

春太は適当に説明しておく。

雪季は、美人だと褒められて「へへへ……」と緩みきった表情で喜んでいる。

「つーか、この脱衣所も寒いな」

「うっ……！　い、今まで気づかなかったのに、そう言われるともの凄く冷えます……！」

雪季が自分の身体を抱くようにして震えている。

脱衣所には暖房のたぐいはないようで、温度はかなり低い。

「雪季、さっさと風呂に浸かっちまおう」

「は、はい、ここにいたら心臓止まっちゃいますね」

春太はさっさと羽織っていた半纏と浴衣を脱ぎ、一応タオルを腰に巻きつけた。

「さ、寒い寒い……」

雪季は寒すぎて服を脱ぎたくないのか、まだコートを脱いだだけだった。

コートの下は分厚い黒のハイネックセーターと、白のミニスカート。

タイツなどははいていない生足で、わかっていたが寒々しい。

「……おまえ、ミニスカはいいとしても、下になにかはいたらどうだ？」

「私、脚には自信があるんですよ。長年のオシャレ研究の結果、やはり脚を綺麗に見せるなら生足という結論が出ました」

「たまにタイツはいてる気が……つーか、コート着てたら脚なんてほとんど見えねぇだろ？」

「見えないところを飾るのがイキなんですよ」

「江戸っ子か、おまえは」

羽織の裏地など見えないところにこだわるのが江戸っ子だそうだ。

「室内ではコート脱ぎますし、手は抜けません。今回は晶穂さんも一緒ですし……」

「晶穂？　晶穂は別に関係ないんじゃ……？」

「あります！　大いにあるんです！」

「そ、そうなのか？」

「晶穂さん、小さいけどおっぱい凄いですし……小さいけど、ほっそりしてて脚も長いですよね、あの人。小さいけど」

「おまえ、晶穂になにか恨みでもあんのか？」

やたらと「小さい」とディスる妹だった。

「い、いえ、小さいところも可愛いですよね。私なんて、こんなに大きくなってしまって」

「背が高いのも雪季のいいところだろ」

「……そう思ってましたが、晶穂さんを見てると、男性って背の低い女子が好きな人も多いのが気になりまして」

「別に張り合わなくてもいいだろ」

「そ、そうですけど……くしゅっ！」

「っと、呑気に話してる場合じゃないな。雪季、さっさと脱げ」

「あ、ドキッとしちゃいます♡　お兄ちゃん、もう一回言ってくれます？」

「馬鹿言ってないで、さっさとしろ」

「はぁい♡」

　雪季は思い切ってハイネックセーターを脱いだ。

　その下には防寒用の白いインナー。胸元がぐっと盛り上がっている。

　雪季はそのインナーも脱ぐと、さらに白のキャミソールが現れた。

「お、お兄ちゃん？　脱いでるところをじっと見られたら恥ずかしいですよ」

「毎日、俺の部屋に着替えしにくるヤツが今さらなにを……」

「普段と違うシチュエーションだとまた別なんですよ。み、見てもいいですけど、ちらちら横目にしてください」

「それは逆に怪しくねぇ？」

　妹の着替えを横目で覗く兄――控えめに言っても変態だ。

　真正面から見ても変態だが。

「あうう……さ、寒いのでもう全部脱いじゃいます！」

「ああ、そうしてくれ」

「やーん、ホントに寒いっ！」

雪季は震えながらキャミソールを脱ぎ、ミニスカートを床に落とす。

それから、白のレースのブラジャーを外した。

可愛いピンク色の乳首も、雪季はまるで隠そうとしない。

雪季はソックスを脱ぐと、最後にパンツも勢いよく下ろした。

「温泉、温泉ーっ！」

「おいおい、転ぶなよ？」

雪季は長い茶色の髪を手早く後ろでまとめると。

脱衣所の引戸を開けて、外の露天へと向かう。

ぷりん、とした小ぶりなお尻も丸見えだが本人は気にしていないらしい。

春太は幼い頃から数え切れないほど雪季の着替えは見てきたし、一緒に入浴することもつい最近までは日常だった。

二人はシャワーで身体を洗い流してから、露天風呂に浸かる。

「はふぅ……あったかいです……とろけちゃいそうです……♡」

「顔がふにゃふにゃだぞ、雪季」

「なんとでも言ってください……はぅ……気持ちいい……」

雪季の整った顔が、だらしなく緩みきっている。

他の誰も、氷川と冷泉ですらこんな顔を見ることはないだろう。

「…………」

春太は、可愛すぎる妹の入浴姿を思わずじっと眺めてしまう。

中学生にしては大きめの胸が、濁ったお湯に浮かんでいる。

ついさっき、別の女子中学生の胸を見て、今度は妹の――

「どうしたんです、お兄ちゃん？　私の身体、もっとよく見たいですか？　あ、半身浴って健康にいいらしいですよ」

いつぞやの兄と同じようなことを口走る妹だった。

「……普通に肩まで浸かってあったまっとけ」

「そうですか。では遠慮なく……はうぅ……♡」

雪季は、肩どころか口元までお湯に浸かってぶくぶくと息を吐き出している。

お行儀はよくないが、可愛いので春太は咎めない。

さっきの母からのＬＩＮＥのことは忘れて、妹とともに癒やしの時間を楽しめばいい――

「あ、いたいた。こら、ハル、雪季ちゃん。あたしをほったらかして、自分らだけ温泉とかズルいよね」

「…………」

癒やしの時間は終わったようだ。

脱衣所への引戸ががらりと開いて、晶穂が入ってきた。

「あ、晶穂さん⁉　タ、タオルで隠すとかしてください！」

「温泉で裸を隠すほうがいやらしいよ」

晶穂はにっこり笑って言った。

雪季は自分のことは完全に棚に上げているが、それはともかく――

晶穂は一糸まとわぬ姿で、腕で胸や下を隠すようなこともしていない。

ぺたぺたと歩くたびに、メロンのように大きな二つのふくらみがたゆんたゆんと弾んでいる。

「つーか、マジで寒かったー。もう温泉入らないと動けないよ」

晶穂は春太と雪季の視線も気にせず、シャワーを浴び始める。

長い黒髪は後ろでまとめ、胸からお腹、下半身までシャワーで洗い流していく。

「ふう……シャワー浴びてもまだ寒い。あー、温泉温泉」

「わっ、飛び込むなって！　晶穂、もっとゆっくり入れよ！」

「プールの監視員みたいなこと言わないでよ、ハル」

「おまえなあ……」

「……お兄ちゃん、晶穂さんの裸にあまり動じてませんね」

じとーっと雪季が春太を半目で睨んでいる。

「そりゃ、あたしの裸なんて飽きるくらい見て――」

「はい、妹の前で余計なことを言わないように！」

「ちぇっ、つまんないの」

「私はもう少し、その辺のお話を聞きたいですけど……」

「いいから、温泉を楽しめ。つーか、晶穂。俺らがここにいるってよくわかったな」

「旅館に入ったら、あのポニテちゃんがいて、ここの温泉を貸し切りにしてるって教えてくれたから」

「ああ、霜月が……」

霜月は、春太と晶穂の関係までは詳しくわかっていないだろう。

いや、複雑極まる関係は春太と父、月夜見母娘しか知らないのだが。

「はー、気持ちいい……田舎の景色はよかったけど、クッソ寒かったー」

「だから、あの格好じゃ寒いっつっただろ」

「もうこの旅館に泊まりたい……外、出たくない」

「宿泊まで頼み込むのは図々しすぎるな」

「ちぇ、残念。帰りは、図体だけはデカいヤツを風よけにするか」

「ま、勝手にしてくれ……」

仮にもカノジョである晶穂を寒さから守るくらいは、別にやってもいい。

「図体といえば……やっぱ雪季ちゃんもけっこうおっぱいおっきいね」

「えっ⁉　あ、晶穂さんのほうが全然大きいじゃないですか……」

雪季は反射的に腕で胸を隠しながら、顔を赤くする。

「あたしは背がちっこくて胸だけ大きいからアンバランスなんだよ。雪季ちゃん、背も高いし、おっぱいもちょうどいいサイズだよね」

「そ、そうでしょうか……きゃっ」

晶穂がすすっとお湯の中を移動して、後ろから雪季の胸をいきなり揉んだ。

「あ、晶穂さん、なにをして……きゃあんっ♡」

「こういうの、お約束じゃない？　お風呂で女の子同士がおっぱい揉み合うって」

「私が一方的に揉まれてますけど⁉」

「……なにをしてるんだ、おまえらは」

雪季は逃れようとジタバタしているが、体格差があっても晶穂のほうがパワーがあるらしい。

「お、お兄ちゃん、助けてくださいっ」

「そこに手出しはできないな、さすがに」

「えぇーっ」

「お兄さんは、あたしと雪季ちゃんの百合プレイを楽しみたいんだよ」

「ゆ、百合プレイってなんですか？」

「晶穂、妹に変なこと吹き込むな」

ある意味、この二人は春太にとって妹同士――

その二人が全裸でじゃれ合っている姿は興奮もするが、それ以上に複雑な気分がする。

「しょうがない、この辺で勘弁してあげようか」

「も、もう、晶穂さん……」

「中学生の未熟なおっぱい、良かったねー」

「ねー、じゃないです！　本当になにをしてくれてるんですか……」

「じゃあ、あたしはハルにおっぱい揉まれようか」

「それはダメです！」

「ダメなんだ……」

「…………」

春太は、やはり二人の間に割り込めない。

雪季がまるで小姑のようになっているが、本人には自覚はなさそうだ。

「でもまあ、おっぱいはともかく、背が高いのは羨ましいなー」

「なんですか、急に……女の子は小さいほうが可愛くないですか？」

なにやら、また身長の話が始まっている。

長身の春太・雪季兄妹と小柄な晶穂が、対照的なせいだろうか。

「あたしが尊敬するギタリストは、190センチ近くあってかっこいいんだよね。ギター弾いてる姿って背があるほうがサマになるんだよ」

「へぇー……」

雪季は、さっきまでのドタバタは忘れておとなしく晶穂の話を聞いている。

春太は晶穂の文化祭でのステージを観て、小柄な彼女が荒々しくギターを弾く姿もサマになっていたことを知っている。

「あ、ギターといえば、雪季ちゃん。これ、できる？」

「え？　うわっ、小指だけ曲げてるんですか？　えーっ、絶対に薬指が一緒に曲がっちゃいます」

「ギター弾くなら、小指だけでも自在に動かせないといけないんだよ。基礎だね、基礎」

「ほえぇ……」

晶穂が器用に左手の指を四本伸ばし、小指だけ折り曲げている。

雪季は目を輝かせて、感心しているようだ。

「…………」

話の内容はともかく、美少女二人が温泉で楽しそうにしている光景は和む。

そういえば——と、春太はふと気づいた。

春太にとって、血の繋がりがなかろうと雪季は妹だ。

だが、晶穂は雪季をどう思っているのだろうか？
あまりにも今さらすぎる疑問だが、重要なことだ。
桜羽家の複雑な血縁を、晶穂はどこまで知っているのか。
あるいは、晶穂も雪季を実の妹だと思っているのか……？
まだ霜月透子との関係も棚上げにしているのに、新たな疑問が生じてしまった——

第9話　妹は久しぶりの家族団らんを楽しみたい

「春太のカノジョさん、本当にいいんですか？」

「ああ、いいんだよ、母さん。あいつが食事は遠慮するっつったんだから」

母親の自宅——

春太と雪季は温泉を楽しんだあと、ようやく親子三人で対面を果たした。

先日、春太が殴り込みのように雪季に会いにきたときも、雪季の引き取りについて話し合いが持たれたときも母と会っているので、さほど久しぶりでもないが。

ただ、以前は毎日顔を合わせていた家族なのだから、会えるだけでも嬉しい。

すっかり日も暮れて、ダイニングのテーブルには母と雪季がつくった夕食が並んでいる。

ただし、そこに晶穂の姿はない。

「あの旅館、今日は空き部屋はないけど、一人分の晩飯くらいは出せるんだとさ。晶穂も、せっかく旅行に来たんだから家庭料理より旅館のメシのほうがいいだろ」

「そうですか……お会いするのを楽しみにしてたんですが」

「えー、ママ、お兄ちゃんのカノジョが一緒に来るって聞いてピキってたじゃないですか」

「ピキってたってなんですか……いえ、なんとなくわかりますが。怒ってませんよ、別に」

「え、晶穂になにか問題があるのか？」

「だから問題は別に……ないですよ？」

母親の目は、完全に泳いでいる。

「ママは、息子がカノジョを連れてくるのが面白くないタイプの母親なんですよ」

「雪季！　余計なことを言わないように！」

「ひーちゃんのママなんかは、ひーちゃんの弟くんがカノジョを連れてきたら大はしゃぎで歓迎したらしいですけど」

雪季は、母親に叱られても気にせず話を続けている。

「歓迎？　意味がわかりません。息子が連れてきたその女は敵ですよ？」

「その女って」

春太も、母にこんな一面があるとは知らなかった。

母は春太とは血が繋がっていないが、物心ついた頃から母と子として過ごしてきた。

春太は母親は他にいないと思っているし、母親のほうも今でも実の子同然に思ってくれているらしい。

若干、愛情は過剰なようだが。

「……晶穂は駅で野宿でもさせるか」

「ママ、お兄ちゃんは素直じゃないだけなので、晶穂さんを家に入れないとお兄ちゃんも外で寝ちゃいますよ」

「この時期、外で寝たら普通に凍死しますよ。いえ、雪季が大げさなんです。お客様はきちんとお迎えします。晶穂さんというお嬢さんのお布団も用意してありますから」

「そりゃよかった。けどあいつ、旅館の大広間で曲を披露してくるとかＬＩＮＥしてきてる。意外に順応性高いな」

「お、大広間でお歌をうたうなんて……晶穂さん、神をも恐れませんね……」

人見知りの雪季には、信じがたい蛮行らしい。

「少しでもチャンネル登録を増やそうとしてんだろ。こりゃ、いつこっちに来るやら」

「春太、このあたりは街灯も少ないので、徒歩で帰ってくるのは危ないです。私が車で迎えに行きますからね」

「ああ、そりゃそうか。助かるよ、母さん」

母は以前の家では車は使っていなかったが、交通機関の少ない田舎では自家用車は必須だ。

「ママが大人の判断をしてます……」

「雪季、お母さんもさすがに怒りますよ？」

母は、さっき叱りつけたことは忘れているらしい。

「まあまあ、せっかくのメシなんだしケンカせずに食おう。このキノコの炊き込みご飯、美味いな」

「それはお母さんがつくったんですよ。口に合ってよかったです。しめじと舞茸とえのき茸ですよ。旬ではないですけど、良い物が手に入ったので」

「たまにウチでもつくってたよなあ。雪季はキノコ苦手だったが」

「そ、それは小さい頃の話ですよ。今はむしゃむしゃ食べられます」

「昔、雪季は好き嫌い多くて手を焼きましたね。春太が、上手くあやしながら食べさせてくれたので助かりましたよ」

「そ、そうでしたっけ。自力で好き嫌いを克服してきたつもりでした……」

「記憶の改竄が見られるな」

春太がツッコミを入れると、雪季がぶーっと唇を尖らせた。

確かに、子供の頃に妹が苦手な食べ物を美味しそうに食べてみせたことが何度もあった。

雪季が苦手な食べ物の中には、春太もあまり好きでないものもあったが。

兄というのも、なかなか辛い立場なのだ。

「お兄ちゃん、それより私がつくったおかずももっと食べてください。このチキンソテー、見事に皮がパリパリに焼けたんですよ」

「食ってるよ。つーか、今日は母さんにたくさん食べてもらわないと」

「いただいてますよ。雪季もだいぶ腕を上げましたね」

「もうママを越えてますから」

「あらら、それは自信過剰というものですよ、雪季」

「ふふふ、ママったら毎日お料理している私にかなうとでも？」

ゴゴゴゴ、と母と娘の間で殺気が渦巻いている。

母娘とはいえ、お互いに譲れないものがあるらしい。

そんなこんなで、和やかなのか殺気立っているのかわからない夕食が終わり——

「はー、腹一杯だ。食ったなあ」

「春太、本当にずいぶん食べましたね……まだ育つんですか、あなた？」

「今のところ、横に広がる気配はねぇからなあ。縦に育つのかもしれない」

春太は、これ以上の身長はまったく必要を感じない。

だが、自分の意思で背が伸びるのは止められないので仕方ない。

「雪季もまだ伸びそうですし……ウチの一家は揃って長身ですね」

「私はホントに止まってほしいんですけどね。あまり背が高いと選べる服が限られますし……あ、片付けしてきますから、ママたちはくつろいでいてください」

雪季は手早く食器をまとめると、流しに持っていった。

春太と母はお言葉に甘えることにして、リビングへ移動する。

「ふぅ……でも、確かに雪季はお料理も上手になりましたね。そんなに教え込んだわけではないのですが」

「あいつ、興味あることだとちゃんと勉強するんだよな。料理とかゲームとか」

「肝心の学校の勉強に興味ゼロなのが困ったところですね……春太、雪季の受験は大丈夫そうですか？」

「…………」

「ちょっと、目を逸らさないでくれますか。本気で不安になるので」

「冗談だよ。まあ、雪季には言わないけど問題ないと思う。変なドジさえ踏まなきゃ」

「それをやりそうなのが、雪季の怖いところですね……あの子のメンタル面も頼みますよ、春太。一緒に暮らしていてもいなくても、そこはあなたに任せるしかなかったでしょうけれど」

「いやあ、あいつはまだママッ子だからな。母さんも受験前には電話なりビデオ通話なりで雪季を励ましてやってほしい」

「もうママ、ママと甘えてくることはないかと思ってましたけど……そうですね、私もそのくらいはしないと。あなたと雪季には迷惑をかけてしまいましたから」

「母さんと父さんの問題だよ。俺はもう気にしてない」

「……あなたは雪季と違って、早くに大人になりすぎですね」

「どうかな。ああ、それで……そろそろ訊いておこうかな」

「はい？　どうかしたんですか？」

「あ、そうです、そうです。私、すっかり忘れてました」

洗い物を終えた雪季が、ぱたぱたとリビングに入ってくる。

「忘れるなよ」

春太が食事中にとある話題を振らなかったのは、せっかくの家族の食卓が変な雰囲気になっては困るからだった。

雪季のほうは、その件を忘却していたらしい。

「霜月――旅館〝そうげつ〟のことだよ」

晶穂が雪季をどう思っているのか。

そちらも気になるが、まずはこっちの話だ。

「ああ、私からも訊きたいですが、二人ともどうしてそうげつに――」

「こんばんはぁーっ！」

「…………っ!?」

家の外から、この世のものとは思えない大声が響いた。

春太は、すぐに声の主が誰なのか気づく。

「あ、あいつ……なにしてんだ？　母さん、雪季、ちょっと見てくる」

春太はリビングを出て、玄関から外へ――

「あ、ハル！　今日も無駄にでかいね！　でも、でっかいのは背だけじゃないよね！　もうっ、この女泣かせ！」

「ちょっと黙れ！」

玄関にいたのは、当然のように晶穂だった。

外はかなり冷え込んでいるというのに、スカジャンを脱いで肩に引っかけ、上はピンクのタンクトップだけという格好だ。

「……おい、霜月。これはいったい？」

「す、すみません。話せば長くなるんですが……」

晶穂の後ろには、仲居の着物姿をした霜月透子がいる。

「こらこらー、カノジョの目の前で別の子を口説く気か、ハル？」

へらへらと笑っている晶穂は、明らかに普段と様子が違う。

クールに見えて意外と表情豊かだが、そんなレベルではない。

「おい……晶穂、おまえまさか酔ってんのか？」

「酔っ払ってるわけないやーん！　あたしはＪＫだよ？」

「……霜月、こいつに酒呑ませたのか？」

「ち、違います。いえ、ウチのせいではあるんですが、事故といいますか……」

「と、とにかく、近所迷惑だから中に入れ、晶穂。えーと……できれば、霜月にも事情を説明してもらいたいんだが」

春太は、ちらりと家の前に停車している車を見る。

車体の横に〝旅館そうげつ〟と書かれたバンは、春太が数時間前に乗せてもらったのと同じものだ。

「そ、そうですね。あとでお迎えに来てもらいますので、車は一度帰して——」

霜月は慌てて送迎バンの運転手に話しかけ、事情を説明すると、車はゆっくり走り去っていった。

「春太……あなたのカノジョさんはいったいなにをしてるんですか？」

「待て、母さん。こいつはやベーヤツだけど、いきなり酔っ払って人様の家に来るほどでもない。霜月、説明を」

「は、はい」

玄関に母親が現れ、その後ろに隠れるようにして雪季もいる。

「…………」

雪季は母親の背中からひょっこり顔を出し、黙ったまま。

晶穂が酔っ払っているからというより、霜月がいるので警戒モードなのだろう。

「ねー、ハルー。お水ちょうだ——あっ、もしかしてハルのお母様ですか！」

「え、ええ。春太と雪季の母、冬野白音といいます」

「ぎゃー、美人！　さっすが雪季ちゃんママ！　上品で優しそうだし、ウチの魔女と取り替えたい！」

「ま、魔女……ですか?」

「こいつの戯れ言は気にしなくていいから。悪い、雪季。水持ってきてくれるか?」

「あ、はい」

雪季はとりあえず霜月から逃げられるからか、いつもより機敏に動き出した。

春太は千鳥足の晶穂に肩を貸してリビングに移動し、強引にソファに座らせる。

「ふう……それで、霜月。いったい、どういうことなんだ?」

「す、すみません。晶穂先輩が、ウチの大広間の宴会で歌ってくださったんですが……」

「ああ、そこまでは聞いてる」

別に霜月は晶穂の後輩ではないが、そんな呼び方に落ち着いたらしい。

「晶穂先輩、宴会やってるおじさん――お客様方に大人気で」

「へっへへー、まったくどいつもこいつもロリコンだぜ!」

「まあ、そこは否定できんが……あ、雪季。サンキュー」

雪季がキッチンから戻ってきて、おずおずと晶穂にコップに入った水を差し出している。

「ありがと、雪季ちゃん。んっ、んっ、美味い……! この辺はお水が美味しいんだね!」

「それ、ミネラルウォーターです」

「はー……生き返ったなあ……」

晶穂は雪季のツッコミをスルーして、深いため息をついた。

「あ、説明の続きでした。晶穂先輩に、お客様の一人が絡み始めて——その方が瓶ビールをお持ちで。先輩に絡んでいたらビールの中身が、顔にかかってしまいまして……」

「もー、ビールぶっかけられちゃったよ！　ハルにもぶっかけられたことないのに！」

「よし、いいから黙ろうか？」

春太は、とてもではないが母親の顔は見られなかった。

さっきから晶穂がなにを言い出すか、気が気でない。

「まあ、事故なのはわかった。自分で飲んだんじゃないなら仕方ないな」

「は、はい。お一人で帰れる状況ではなかったので、ウチでお送りすることにしたんです」

「どっちにしろ母さんに迎えに行ってもらうつもりだったが……母さん、これどうすりゃいいんだ？」

春太は高校生で、周りに飲酒する者はいない。

両親もあまり酒はたしなまないので、酔っ払いの対処は知らなかった。

「この様子だと、しばらく酔いは覚めないでしょう。水を飲ませて、寝るのを待つしかありませんね。これだけ酔ってたらお風呂は危ないので、そのまま寝かせましょう」

「なるほど」

頷きつつ、春太は少しほっとしていた。

とんでもないアクシデントだが、母と晶穂が話をせずに済む。

晶穂は、シラフでもなにを言い出すかわからないからだ。

「透子ちゃん、わざわざありがとう。あなたも大きくなりましたね」

「いえ、こちらの不手際で――って、え？　冬野さんの……お母様ですよね？　私をご存じなんですか？」

「あら……まあ、そうですよね。透子ちゃんが私やウチの子たちと会ったのはまだ四、五歳のときでしたか」

「え？　あの……桜羽さん？」

「…………」

春太は黙って首を振る。

まだなにも説明を受けていないので、春太も事情はわからない。

「あはは、なに？　ハルも雪季ちゃんも、ポニ子ちゃんも変な顔しちゃって」

晶穂だけが、なにやら楽しそうだ。

「霜月家は、ウチの――冬野家の親戚ですよ。透子ちゃんの母親は私の妹――つまり、雪季と透子ちゃんは従姉妹になりますね」

「はっ、はぁ!?　し、霜月さんが私の従姉妹!?　めちゃくちゃ近い親戚じゃないですか！」

酔っ払っているわけでもない雪季が、大声を上げる。

春太も驚きのあまり、声が出ない。

雪季を吊るし上げていたこの少女が、従姉妹――

あまりに予想外すぎる成り行きだった。


「い、従姉妹……私と冬野さんが……？」

もう一人の当事者である霜月透子も、ぽかんと口を開けている。

間が抜けていて、雪季ほどではないとしても、可愛い顔が台無しだ。

「ふぇー……イトコってなんだっけ……鴨の味？」

不慮の事故で酔っ払っている晶穂は、意味不明なことをつぶやいている。

ちなみに〝いとこ同士は鴨の味〟は、いとこ同士で結婚すると仲の良い夫婦になる、というような意味だ。

「って、母さん。俺もそれ、完全に初耳なんだが？」

「言わないようにしていましたから。私、実家とは縁を切っているんですよ」

「縁切りって。そんな重たいことをさらっと言われてもな……」

春太も、上手く言葉が出てこない。

雪季と霜月が従姉妹同士というのは意外すぎるが、母親の実家の話も初耳だった。

春太たち兄妹は、〝母は実家と折り合いがよくない〟という程度しか知らなかった。

「お、お母さんから聞いた〝伯母さんと従姉妹〟って、もしかしなくても……」

霜月がほっそりしたあごに手を当てて、ぶつぶつつぶやいている。

露天風呂で霜月が母方の身内の話もしていたが、その身内が母と雪季のことだったとは。

春太も驚きを隠せない。

「ええ、その伯母さん——あなたの母親の姉が私ですね」

「ですねって……」

霜月も、事の成り行きに呆気にとられているらしい。

それはそうだろう、彼女はただ晶穂を送ってきただけのつもりだったのだから。

冬野家でこんな話を聞かされる予定はなかっただろう。

「で、でも、私もはっきり聞いたことはないんですよ？　母のお姉さんの名前だって知りませんでした」

「知らない、というのが普通ではないでしょう。私は冬野白音です。透子ちゃん、あなたも私の妹——白瀬の旧姓は知っていますね？」

「と、冬野ですけど……」

「は？　母さんたちの苗字と同じじゃねぇか。霜月、偶然同じだと思ってたのか？」

「いえ、このあたりではよくある苗字ですから。冬野さん——そこの冬野雪季さん以外にも、ウチの学年には何人かいます」

「あ、そういえばいましたね……」

雪季も心当たりがあるらしい。

「そうなんですよね、田舎は同じ苗字が多くて。この町にも〝冬野〟姓は多いでしょうけど、ウチの実家のあたりなんて誇張なしでみんな冬野ですよ。墓石を見ても、全部冬野です」

母親がなんだか嫌そうに言った。

「……それって、区別はどうしてるんだ？」

「二丁目の冬野とか、坂の下の冬野とか呼んでましたね。まあ、下の名前で呼び合うケースがほとんどでしたけど」

「田舎の親戚付き合いって大変そうだな……」

春太は父方の親戚ともほぼ付き合いがなく、その手の苦労はほとんど知らない。

「……ん？　母さんはこの町の出身ではないってことか？」

「私の実家は、この町から車で三〇分くらいですね。ウチの冬野と、この町の冬野はルーツを遡れば同じらしいですよ」

「なんか、ややこしくなってきたな……」

とにかく、整理すると。

春太の母、冬野白音には白瀬という妹がいて、それが霜月家に嫁入り。

霜月家で生まれた娘が、ここにいる黒髪ポニテの霜月透子。

自動的に、雪季は透子とは従姉妹同士ということになる。

「え、じゃあ……私と桜羽さんもイトコということですか？　あれ、ですが女の子の従姉妹がいるとは母から聞いてましたが、男の子は……？」

「……まあ、透子ちゃんには言ってもいいでしょう。そちらの子は眠ったようですし」

母がちらりとソファのほうを見た。

そこでは、すーすーと晶穂が寝息を立てている。

遂に厄介な酔っ払いも眠気に陥落したようだ。

「…………」

念のために、春太は晶穂の肩を揺さぶってみる。

反応を見る限り、どうやら狸寝入りをしてるわけでもなさそうだ。

晶穂は油断ならないタイプだが、初めての酒で完全に落ちてしまったらしい。

「大丈夫そうだ。まあ、あれだけ酔ってりゃ、さっきまでの話も頭に入ってないだろうが」

「そのようですね。透子ちゃん、私と雪季は、残念ながら春太とは血が繋がっていません。ですので、春太と透子ちゃんにも血縁はありませんね」

「そ、そうなんですか……！」

霜月はかなり驚いているようで、春太は少し彼女が気の毒になってきた。

春太と雪季も話の展開に驚いているが、霜月にはさらなる新事実が明らかになっているのだから。

「とはいえ、私にとって春太は息子ですから、悪い虫が近づいたら速やかに排除しますからね？」

「あの、母さん。そういう話は趣旨が違うから、また今度で」

「あら、そうですね。失礼」

こほん、と母は咳払いする。

「とにかく、私は実家と縁を切っていますし――妹はもうだいぶ前に亡くなっていますからね」

「…………」

春太は、ちらりと霜月を見た。

亡くなった母の話を持ち出されても、特に動揺はしていない。

死から数年経っているようだし、既に心の整理はついているのだろう。

「ですので、この町に引っ越してきたといっても、雪季にわざわざ霜月の家のことを教える必要もないと思ったのですが……二人がお友達になっていたとは少し驚きました」

「まあ、友達っつーか……クラスメイトではあったたな」

実は霜月はいじめっ子でした、とはさすがに春太も言えない。

霜月もバツの悪そうな顔をしている。

吊るし上げていた同級生が自分の従姉妹だなどと、夢にも思っていなかっただろう。

「……………」

春太がちらりと横を見ると、なぜか雪季がなにやら考え込んだ顔をしている。

情報量が多すぎて、頭を使うのが苦手な妹には整理しきれないのだろうか。

「でも、母さん。そうはいっても、霜月は姪なんだろ。こんだけ近くに住んでるんだから、会いに行こうとは思わなかったのか？」

「実家と縁を切った身で、亡くなった妹の嫁ぎ先に接触するわけにはいきませんよ。妹が健在だった頃は、子供たちを連れてこっそり訪ねたこともありましたけど」

「思い出しましたー！」

唐突に、雪季がひっくり返った大声を出した。

「ど、どうしたんだ、雪季？」

「ちっちゃい頃のことです！　どっかの旅館に行って――そこで、お兄ちゃんにまとわりついてくる泥棒猫がいました！」

「ど、泥棒猫って……もしかしなくても私のことですか、冬野さん？」

「そ、そうですよ。思い出したんです。子供の頃……お兄ちゃんとママと一緒に電車で遠くに行って、おっきいお風呂があるお家に泊まったことがありました！」

「雪季、変なトコで記憶力いいな……」

春太は、〝そうげつ〟の庭に見覚えはあったものの、記憶はよみがえってこない。

「そうです、お父さんは仕事で行けなかったので、私と春太と雪季の三人でそうげつに泊まりに行ったんです。白瀬に〝一度くらいは遊びに来てください〟って何度も頼まれて。親や親戚とは折り合いが悪かったですが、妹だけは私を慕ってくれたので」

「そのときに、俺と雪季が霜月に会ってた……？」

「そうです、お兄ちゃんにやたらと懐いてくる変な女の子がいました！」

「変な女の子って……」

興奮する雪季に対し、霜月のほうはまだ困惑気味だ。

霜月も春太と同じく、記憶がよみがえっていないらしい。

「ええ、たぶん従姉妹とは説明しませんでしたが、三人ともすぐに仲良くなってそうげつの庭で遊び回ってましたよ」

「え、仲良かった……ですか？　どうも、私の記憶と違う気がするんですけど……私、旅館の女の子を睨んでた記憶が……」

雪季は納得いっていないようだ。

ただでさえ、霜月にはわだかまりがある上に、昔のこととはいえ兄と仲良かった少女に敵意が湧いているらしい。

「とにかく、大事なところは一つです！　お兄ちゃんと霜月さんはイトコ同士じゃない……！

よかった、イトコ同士って結婚できますもんね。危ないところでした」

「雪季、結婚の条件は関係なくないか？」

「あれ？　イトコじゃないほうが危ないんですかね……？」

「いや、だから危ないとかそういう問題でもなくてな」

混乱しているらしい妹は、思考がかなり飛躍してしまっている。

「雪季、透子ちゃん、混乱するのもわかりますが、事実だから受け止めてください。雪季、この子はあなたの従姉妹の透子ちゃんですよ。わかりましたね？」

「従姉妹の……透子、ちゃん」

「ふ、雪季ちゃ——雪季、さん」

雪季も霜月も、まだ事実を受け入れるには時間がかかりそうだ。

どちらかといえば、霜月のほうがイジメの後ろめたさもあって、距離を置こうとしているように見える。

従姉妹だからといって、気安くちゃん付けで呼べないようだ。

「急には無理でしょうか。ああ、透子ちゃん、ついでだからあなたも泊まっていきなさい。霜月の家には私からお電話しておきます。実は、旅館の先々代の女将——あなたの祖母とも関係は悪くないんですよ」

「は、はぁ……」

霜月は、返事のキレが悪い。

春太はもっと詳しい話を聞いてみたくはあるが、情報が多すぎて整理が追いつかない。

なにより、雪季と霜月にこれ以上情報を詰め込むのは可哀想だ。

母もそれを読んで、話を一区切りにするつもりなのだろう。

春太としても、雪季のためはもちろん、霜月のためにも文句はない。

呑気にぐーぐー寝ている晶穂が、なぜだか憎たらしくなってきたが。


雪季は元々使っていた部屋で、晶穂と霜月は客間で布団を並べて寝ることになった。

春太には母が自分の寝室を提供すると言い出したが、断ってリビングで眠ることにした。

母とはいえ、人様の寝床を奪うのは気が咎める。

それならリビングのソファで眠るほうがまだマシだった。


「あの……」

「…………」

「あの、桜羽さん、ちょっと」

「……ん？」

春太は、ゆっくり目を開けた。

まだウトウトしていた程度だが、少し頭がぼんやりしている。

「お休みのところ申し訳ありません」

「……雪季、馬鹿に丁寧すぎ……って、霜月か」

もちろんリビングの灯りは消してあるので、部屋は真っ暗だ。

ソファのそばに、うっすらと人影が見える。

「って、待て。まさか、温泉での続きってことか？」

「ち、違いますっ。い、いえ、続きをなさりたいなら、やぶさかでも――やむなしですが」

「冗談だよ」

〝やぶさかでもない〟と〝やむなし〟は、ずいぶんと意味が違う。

霜月は、雪季から借りたらしいTシャツにショートパンツ、それに旅館そうげつの名前が入ったフード付きのパーカーっぽい半纏を着ている。

「そ、そんなことより……晶穂先輩がいないんです。喉が渇いて起きたら、いつの間にかいなくなっていて……」

「いない？」

春太は、ソファの肘掛けに置いていたスマホを取って時刻を確認する。

時刻は、夜一時すぎだ。

「目を覚まして、風呂にでも行ったんじゃないか？　俺がちょっと見てこようか」

「……晶穂先輩のお風呂を覗いても怒られないようなご関係ですか」

「晶穂が風呂を覗かれて、『きゃあ、えっち!』とか怒りだしたら、違う意味で怖いな」

おそらく、その晶穂は変装した別人だろう。

「冗談を言ってる場合じゃないです、桜羽さん。玄関を見てみたら、晶穂先輩の靴がありませんでした」

「え、外に出たってことか?」

「はい、このあたりは変質者なんかは、そういませんが、夜道は真っ暗ですし……水路もありますよ。それに、まだ酔いが覚めてないかも……」

「やべぇな、そうだった」

晶穂がまだ酔いが残ったまま、見知らぬ夜道を歩いているなら、確かに危ない。

じわじわと、春太の胸に不安がわき上がってくる——

「……待てよ」

だが、晶穂は馬鹿ではない。

酔っているといっても、見知らぬ夜道を歩くなんて危なっかしいことをするだろうか?

よほどのことがない限り、そんなことはしない。

だが、よほどのことがあったとしたら——?

「もしかして……!」

ぱっ、と突然に眠気が吹き飛び、春太は勢いよくソファから起き上がる。

「ど、どうしたんですか?」

「あいつが油断ならないヤツだってことを忘れてた」

晶穂は、とんでもない事実をしれっと隠していた前科がある。

完全に寝入っていると思い込んでいたが——春太を騙すくらい、造作もないだろう。

もしも、春太が雪季と血が繋がっていないという話を聞いていたなら——

晶穂が、なんとも思わないわけがない。

混乱して、ふらふらとどこかへ出て行ってしまうこともありえる。

酔っている上に、頭が混乱したまま夜の田舎道へ——

「俺、ちょっと外を見てくる。霜月は、寝ててくれ」

「え、でも……桜羽さんもこのあたりは詳しくないでしょう?」

「晶穂も詳しくない。そう遠くには行ってないだろ」

春太は、部屋の隅に畳んでおいてあったセーターを着て、コートも羽織る。

「この時間に中学生を外に連れ出すわけにはいかねぇし。教えてくれて、ありがとうな」

「は、はい。でも起きてますから、なにかあったら電話してください」

「連絡先、交換しといてよかったな」

春太は、思わず笑いそうになりつつ、スマホも手に取って部屋を出た。

母や雪季を起こさないように慎重にドアを開けて、出て行く。

鍵は霜月が閉めてくれるだろう。女性だけの家なので用心は必要だ。

「うっ、寒っ……！」

雪季ほどではなくとも、春太も寒さに弱い。

避暑地でもあるこの町の夜の冷え込みは、身体にこたえる。

「あの馬鹿は、ちゃんと厚着してったのか……？」

薄着の多い晶穂だが、さすがにそこまで無謀ではないと思いたい。

春太はスマホをライト代わりにして、とりあえず旅館そうげつのほうへと向かう。

土地鑑がない上に、暗い夜道だ。

いくら晶穂が普通でないといっても、少しでも見知った道を辿るのではないか。

春太は、自然と足早になるのを抑えられない。

水路もあるというのがわかっていても、走り出してしまう。

思っていた以上に、田舎の夜道は暗い。

桜羽家の自宅の近所とはまるで違う。

暗い上に、あたりが静かすぎるのも不気味だ。正直、田舎をナメていたのかもしれない。

いや、田舎などと言っては失礼だろうが——

体格に恵まれているのに加えて、別に怖がりでもない春太でも不気味に感じるのだから。

晶穂が自分から外に出たといっても、不安になっているのは間違いないだろう。

「まったく世話の焼けるいもう――女だな！」

「今、妹って言いかけなかった？」

「………」

冬野家を出て、まだ五分も経っていないだろう。

屋根と壁がある木造のバス停があった。

正面は剝き出しだが、風よけには充分だ。

バス停には、ベンチも置かれている。

そのベンチに――ぽつんと座っているのは、間違えようもない。

「意外にすぐだったじゃねぇか……晶穂、おまえなにしてるんだ？」

「んー……寒さよけ？」

「寒いのが嫌なら、家にいろよ。ああ、よかった。ちゃんと厚着してるな」

晶穂は、フードがついたパーカー風の半纏を羽織っている。

「浴衣も半纏もポニ子ちゃんが置いといてくれたんだよ。気が利くなあ、あの子。このパーカーっぽい半纏、若い子向けだね。これなら、雪季ちゃんもニッコリの可愛さだ」

「そりゃ、パーカー好きの晶穂にぴったりだな」

中に着ているのは、紺色で厚手の浴衣のようだ。

旅館そうげつの客用の寝間着と上着らしい。

霜月が晶穂のために枕元にでも置いてあったようだ。確かに、気が利いている。

「つーか、ハルこそなにしてんの？」

「そんなもん、おまえが急にいなくなるから……！」

「心配して捜しにきてくれたんだ」

「…………っ」

「前は、あたしを捨てて雪季ちゃんのところへ走ったのに」

「あ、あれは……非常事態だろ！」

雪季が引っ越した先で孤立しているのかもしれない——

そう思ったら、居ても立ってもいられなかった。

「わかってる、冗談だよ、冗談。ハルが妹思い——シスコンだってことは、あたしが一番よく知ってんだから」

「なんで悪いほうに言い直した？　つーか、一番は言いすぎだろ。付き合いの長さだけなら、まだ半年ちょいじゃねぇか」

「ハルから見ればね」

「なんだ、その思わせぶりな言い方は……」

「気にしない、気にしない。ああ、冗談はともかく、捜しにきてくれてありがと」

晶穂は座ったまま、春太を上目遣いで見つめながら、意外に真面目な顔で言った。

いつも、どこまで本気かわからない彼女だが——たまにこんな顔を見せてくる。

「……そりゃ、捜すに決まってるだろ。夜中に無茶すんな」

「つい夜中に飛び出しちゃうのは、血の繋がりがなせる業かな」

「そんなもん、血縁が関係あるか」

春太は、ふーっとため息をついて。

もしかして、母たちと話していたときに起きていたのか？

ヤブヘビになるかもしれない以上、簡単には口に出せない。

「それにしても、よく見つけられたね」

「おまえのほうから声をかけてきたんだろ」

「これも、ハルとあたしの例のシンクロのおかげかな」

たまに、春太と晶穂はメンタル状況がかぶっていたりする。

兄妹だからこそかもしれないが、今夜ばかりはそのシンクロに感謝したい。

「シンクロはいいんだが……おまえ、なんでこんな夜中に外に出てんだよ」

「ごめん。まあ、一番は酔い覚ましたかったんだよ。起きたら、まだ頭ぼーっとしてたからさ。ウチの魔女が、酔っ払ったらよく外に散歩に出てたから、マネしてみた」

「あの人も危なっかしいな……」

夜風に当たれば酔いは覚めるかもしれないが、千鳥足で出歩くのは危険だろう。

「で、二番目はなんだ？　他にも理由があるんだろ？」

「今夜は追及が厳しいね。ちなみに、酔いはだいぶ覚めたよ」

「そりゃよかった。それで？」

春太は言葉を選びつつも、追及の手を緩めない。

「……ちょっと、考えたいことがあったんだよ」

晶穂は、ベンチの背もたれに深くもたれかかった。

どういうわけか、晶穂の小柄な身体がいつも以上に小さく見える――

「今夜、ハルと話せるなら、酔いなんて覚めないほうがよかったな。シラフで言えることじゃないかも」

「いいだろ、旅の恥はかき捨てって言うしな。なんでも話せばいいだろ」

ここまで思わせぶりに言われてしまったら、聞かずにはいられない。

「旅が終わったあともハルとは顔合わすんだから、恥も捨てられないけどね」

晶穂はくすりと笑うと、半纏の袖に手を突っ込んで寒そうに身をすくめて――

「ずっと変だな、って思ってたんだよ」

「いやいや、イチから話せよ。急に感想を言うなよ」

「神代の昔、伊邪那岐命と伊邪那美命の国産みで最初に淡路島が――」

「イチからって、そんなとこまで遡んな」

「インテリジョークがわからないね、ハルは。ほら、あたしが魔女に連れられて、〝お兄ちゃん〟を公園に見に行った話、したでしょ？」

「あ、ああ」

晶穂が、そのあと一人で〝お兄ちゃん〟に会いに行ったという話も聞いている。

春太のほうは、〝妹〟がすぐ近くに来ていたことなど知るよしもなかったが……。

「そのあと、あたしは何度も何度もあの公園に行ってたんだよ。なんなら、二、三日前にも行ったかな」

「……は？　最近も？　俺、もうあの公園で遊ぶような歳じゃないんだが……」

「いないのはわかってるよ。ただ、クセになってるというか。最近、クセが復活したというか。

とにかく、ちっさい頃に何度もあの公園に行って、ハルタローを見かけてたんだよ」

「なんで、松風みたいな呼び方――って、松風のこともその頃から知ってんのか？」

「当たり。ハルも松風くんも、あたしにとっちゃ一方的な幼なじみみたいなもんだね」

「一方的な幼なじみ――新しい概念すぎる」

だが、驚くべき話だった。

春太のほうは、晶穂に見られているなど気づきもしなかった。

いや、何度も公園に来ていたなら、視界に入ったことくらいはあったのかもしれない。

それでも、晶穂の存在を春太がまったく認識していなかったのは確かだ。

「ハルタローと松風くん。それに——」

「雪季、か……」

あの児童公園では、雪季も一緒に遊ぶことも多かった。

もちろん、松風は女の子だからといってハブるような男ではない。

「考えてみれば——ううん、考えなくても変だよね」

「だから、なにがだよ？」

「お母さん、ハルのことは教えてくれたのに〝あっちの妹〟の話は一度もしなかったんだよね。よく考えるまでもなく、変な話じゃない？」

「……秋葉さん、〝兄〟のことは教えて、一つ年下の〝妹〟のことを教えないのは不自然ではあるな」

桜羽真太郎の息子のことは教えて、娘のことを話さない理由があるとしたら——

何気に賢い晶穂なら——いや、晶穂でなくても何年もかければ嫌でも結論にたどり着くはず。

「あの子、おにいちゃんおにいちゃんって、呼んでた。だから、あの子がハルタローの妹なのはわかってたけど、やっぱおかしいよね」

「もしかすると……俺たちより、おまえのほうが真実に先に気づいてたのかもな」

春太は、思わず笑ってしまいそうになった。

五月のGW明けのあの日、春太と雪季を奈落の底に落とした、両親からの告白。

あのとき明かされた事実を、予想外の人物が先に知っていたとは。

「雪季ちゃんと、ポニ子ちゃん、従姉妹同士なんだよね？」

「おい、マジで狸寝入りだったのか……？」

「そこはなんとなく覚えてるよ。まあ、リアルタイムではよく理解できてなくて、起きてから『あれ？』って感じで」

「そのあとの話は――聞いてたのか？」

「その先はガチ寝だったけど、雪季ちゃんが騒いでる声だけはめっちゃ聞こえたね」

「……あいつの声、すげー響くんだよな」

「コーラス要員として誘いたいくらいの美声だよね、雪季ちゃん」

「雪季の歌は、愛嬌があることだけが取り柄なんだ」

「……味があるのは大事だね。むしろボーカル向きかな？」

晶穂は、春太の遠回しな表現から察してくれたらしい。

雪季は勉強も運動もからっきしだが、芸術方面も壊滅的だ。

「いやまあ、その話も夢で聞いたのかと思ったけど……この前、ハルがウチに来たときのお母さんとの話も引っかかるトコあったし」

「引っかかるところ？」

「ハルとあたしの父親、再婚したとか言ってたよね。父親にはハルの実の母親、ウチの母親、再婚相手と三人ほど女がいるってことになる」

「女って、おまえな……」

「細かいことは気にしないでよ。それに、魔女はハルの母親と先輩後輩なのに、雪季ちゃんのことは全然知らないみたいな話してたよね。ハルのことは気にしてるみたいなのに」

「……つまり？」

もう、晶穂の中で答えは出ているらしい。

考えてみれば、春太が先日、月夜見秋葉と会ったときに桜羽兄妹の秘密に気づいていても、おかしくなかったのだ――

「さっきの雪季ちゃんの話とお母さんの話、あわせて考えてみれば、腑に落ちるかなって」

晶穂は、淡々とつぶやくと――ふうっと大きくため息をついた。

「そんなこと考えてたら眠れなくなっちゃって。考えすぎて、頭が吹っ飛びそうでさ。夜風でも浴びないと、寝られないかなって」

「行動力があって、けっこうなことだな……」

「もう一つ聞こえたよ。ハルとポニ子ちゃんはイトコ同士じゃないって」

「……ある意味、聞いてほしくないところを抜粋して聞かれてるな」

「それで、あたしの疑問への桜羽春太くんのお答えは？」

「……月夜見晶穂さんが今想像してるとおりだよ」

「そんなもん、はっきり言ってくれないと確信持てない——と言いたいところだけど、わかっちゃうね。やっぱ、兄妹だから以心伝心ってことかな?」

「エスパーじゃねぇんだ、血が繋がってりゃわかるってもんじゃないだろ」

だが、今の状況に限定していえば春太が考えていることは、晶穂にはっきり伝わっているだろう。

決定的でなくても、状況証拠が揃いすぎている。

「ハル、雪季ちゃんはハルの実の妹じゃないんだね?」

「俺と雪季に、血の繋がりはない」

伝わっている以上、ごまかしても意味がない。

いや、最初から晶穂にははっきり話しておくべきだったのだ——

「やっと確認できたね。これなら、もっと早く訊いておきゃよかった。子供の頃からの疑問に、決着がついたよ」

「長かったな……」

「春頃にエアルでハルと雪季ちゃんに会ったあと、またモヤモヤしてたしさ。二人ともあんまり普通の兄妹でもなかったし。変だなーとは思ってた」

晶穂のカンは、超能力めいているほど鋭いらしい。

春太と雪季の仲の良さは、松風や冷泉たちのほうが晶穂より知っているだろうが、それでも彼らが桜羽兄妹の血縁の有無を疑っている様子はない。

あるいは、晶穂が春太の妹だから気づいたのだろうか……。

「そっかー、あたしにはお兄ちゃんはいるけど妹はいなかったか」

「残念だったな、雪季は俺だけの妹だ」

「仮にもカノジョの前でそれだけシスコンムーブできるの、ガチ凄い。まあ、でもさ」

晶穂は勢いをつけて、跳ぶようにして立ち上がり、春太の前に立った。

「ハル、あんたさ、シスコンだけど」

「ん？」

「あんたの一番いいところは妹に優しいところだよ」

「そんなもん長所って言えるのか？」

「他は身長高くて、ちょろっと小賢しいくらいじゃん」

「その二つは長所にカウントしてもいいと思うが……ちょろっと小賢しいってなんだ」

いや、確かに小賢しい。

雪季が妹ではなく、晶穂が妹であることを知っても、まだ二人の間でフラフラしている。

それどころか、二人を上手いことキープしていると言ってもいい。

こんな立ち回りを〝小賢しい〟と表現されても否定できない。

「その優しさが、あたしにはずっと羨ましくて――ずっと自分のものにしたかった」

「……俺、おまえにそんなに冷たいか？　いや、意地の悪いことを言っちまってるけど、あれはなんというか、照れ隠し――ああ、こんなこと言うのも恥ずかしい！」

「わかってるよ、ハルがあたしに素直になれないだけだって。でも、そういう話じゃないんだよ。小賢しいハルくんにはおわかりだろうけど」

そうだ、春太にも察しがついている。

晶穂が――幼い頃の彼女が抱いた気持ちは、兄への憧れだったのだろう。

派手にケンカをしてでも、自分を守ってくれるような存在がほしかったのだろう。

幼い頃に、子供の足では遠い公園を何度も訪ねていたというのも、普通ではない。

晶穂の家庭環境が、そもそも普通ではなかったせいだろうか。

実の父親はいなくて、母親のことを魔女と呼ぶような、不思議な関係。

晶穂は、義理の父親にはほとんど関心がないようだ。

春太は、晶穂の家庭環境をちらりと垣間見ただけ。

それでも、一般的な家庭とは言いがたい。

そんな家庭で育った晶穂が――

小さい頃の晶穂が存在を知ってしまった〝兄〟に、幻想にも似た憧れを持ってしまうのは自然な話だ。

春太には、その憧れに応えられた自信はまったくないが――

「ハル、あたしはあんたの実の妹だけど、きっと妹にはなれない」

「……だろうな」

「わかってるよ。ハルにとって妹は、あくまで雪季ちゃんだけなんだって」

「悪いが、それは変わらない。俺の妹は――雪季だけだ」

どんなに言葉を尽くしても、ごまかすことはできない。

春太にとって、絶対に変えようのない真実だからだ。

「ねぇ。ハルは、あたしと別れたいんだよね？」

「………………」

今度は、即答できなかった。

春太が、晶穂と付き合い始めたのは、多少勢い任せなところはあった。

だが、一時の気の迷いなどではなかった。

雪季と離ればなれになった春太を救ってくれたのは、間違いなく晶穂で――

晶穂を好きになったことに後悔もない。

「今さら、ただのクラスメイトに戻るなんて絶対に無理。兄妹にはなれない、友達にもなれない、彼氏彼女でもいられない――だったら、どうしたらいいのかな？」

「俺たちは関係を変えられないまま、ここまで来た。もう、答えを出さないと……」

晶穂もまた、春太と同じ悩みを抱えていた。

いや、最初から出生の秘密を知っていた分、晶穂のほうが苦しんできたのだろう。

なぜ、春太と晶穂が付き合ってしまったのか。

そんなことを今さら考えても仕方ないし、晶穂を責めようとも思わない。

自分だけが苦しまず、晶穂との恋愛を楽しんでしまったことを後ろめたいとは思う。

「ハル、このままどっか行っちゃおうか？」

「どっか……って」

「あたしとハルは社会的には兄妹じゃなくて、クラスメイト。DNA鑑定もしてないから、お母さんとハルのお父さんがなんて言おうが、兄妹だって確定したわけじゃない」

「そりゃそうだが……」

「それに、びっくりするくらい似てない。あんたデカいし、あたしチビだし。そんな兄妹、珍しくないだろうけど、誰にもあたしたちが兄妹なんてわからないんだよ」

「俺とおまえが兄妹だって知ってる」

「兄妹だって知ってるのに、離れられない」

「……っ！」

晶穂は春太の背中に両腕を回して、強く抱きついてくる。

「あたしとハルが何者かなんて、どんな関係かなんて、嫌になるくらいわかってる。だけど、あたしは、もう一度だけ。もう一度だけでいいから、ハルに——抱いてもらいたい」

「………無理だろ」

倫理や常識なんか、どうでもいい——

そんなことを言い放てるほど、春太は強くない。

晶穂の願いを断っても、受け入れても、彼女を傷つけてしまいそうで——

「だったら、あたしはカノジョでもいられない。そうなったら、選択肢はもう一つしかない」

晶穂は抱きついていた腕を放し、春太から一歩離れて。

「本当は、あたしは最初からこっちを望んでたのかもしれない」

「こっち……？」

「何度も何度もあの公園に行って、ハルタローの姿を遠くから眺めて。まるでストーカーみたいだけど、あたしがそんなことしちゃったのは——」

「…………」

ちらちらと、白いものが空から舞っていた。

出発前に春太が言ったように、この町はもう雪が降るほど寒いのだ——

「あたしが、ずっと望んでたのは。ハルタローのところに行って、手を摑んで言いたかった。フユみたいに、あの子みたいに甘えて呼びたかった——〝お兄ちゃん〟って」

「晶穂……」

一筋、晶穂の頬を涙が伝っていった。

真実が明らかになったあの日、晶穂が「はじめまして」と告げてきた日よりも——もっと、ずっと悲しげな〝お兄ちゃん〟だった。

晶穂は、カノジョであった自分を忘れて。

ずっと望んできた、絶対になれなかった自分になろうとしている。

雪季がずっといた場所に立つことを願ってきて、今でもそう望んでいる。

俺は、その場所に晶穂を立たせたいのか。立たせてもいいと思っているのか。

春太の中で、答えは出せない。

五分か十分か、それとも永遠か。

長いとも短いとも思えない時間が流れて。

雪は積もることなく、地上に落ちては消えていって。

「なあ、晶穂。俺は——」

「ちょっといいでしょうか、お兄ちゃん、晶穂さん」

「…………っ!?」

春太は突然の声に、ぱっと振り返る。

バス停からほんの五メートルほど先にいたのは——

「ふ、雪季!?」

「お邪魔だったでしょうか……？」

厚手のコートにマフラーもきっちり巻いて、防寒も完璧な冬野雪季が立っていた。

「あ、危ないだろ、雪季！　夜中に外に出るなら、俺が一緒じゃないと！」

「あたしにはそんなお優しい台詞、言わなかったような？」

晶穂はなぜか銃でも突きつけられたように両手を上げて、トボけたことを言った。

とっくに涙は乾いていて、晶穂は笑みさえ浮かべている。

「大丈夫です、透子ちゃんを付き合わせ——付き合ってもらいましたから。地元民最強です」

「どうも、地元民です……」

雪季からさらに数メートル離れたところに霜月がいる。

なんだか申し訳なさそうな顔をしているのは、春太に家にいるように言われたのに、結局出てきてしまったからだろうか。

「ふ、二人とも、いつからそこにいたんだ？」

「え？　今来たところですけど……いえ、立ち聞きなんかしてませんよ」

雪季が、ふるふると首を振り、霜月はそれに同意してこくこくと頷いている。

二人はどことなく似ているな、と春太は思った。

「それよりすみません。お兄ちゃんが家から抜け出したのに気づいて、なんだか気になってしまって——」

「いや、起こして悪かったな。霜月も」

「いえ……」

霜月は、暗い中でもわかるくらい顔を赤くして首を振る。

「お兄ちゃん、晶穂さんを捜しに出てたんですね。透子ちゃんから聞きました」

「ああ、あたしもごめん」

「それはいいんですけど……こんな夜中に女の子一人で外にいたら、お兄ちゃんが捜しに行くのは当たり前ですから……」

当たり前、と言いつつ、雪季はどこか納得できていない表情だ。

春太は、たとえ晶穂がカノジョや妹でなくても、同じ状況なら捜しに出ていたに違いない。

だが、そういう問題ではないのだろう。

どういう問題なのか、春太にも上手く言葉にできないが――

「でも、私も家でおとなしくしてられなくて。つい――」

「来てくれてよかったよ、雪季ちゃん。あたし、血迷うところだった。危ねー、危ねー」

「え、血迷うって……」

「君のお兄さんと別れてやろうかと思ったけど、もうちょっとキープしとくよ。別れたら、余計に雪季ちゃんを怒らせちゃうだろうからね」

「わ、私を怒らせる？　いえ、別に晶穂さんには怒ってませんよ……？」

「ホントに？」

「……ちょっと怒ってます。人の兄を私に断りもなく持って行こうとしてるので」

「だよね」

「…………」

春太をスルーして、春太の話が二人の少女の間で続いている。

しかし、春太には晶穂と雪季に割り込むことなどできそうもない。

「あはは、怒っても可愛いなあ、雪季ちゃんは。もっと怒らせたくなりそう」

「え、ええ……？」

雪季をもっと怒らせる――

晶穂が本当に妹になろうとする、ということなのだろうか――

春太の妹は雪季だけ。

だが、血が繋がった妹は晶穂なのだ。

晶穂が望むにしても望まないにしても、妹である事実は曲げられない――

「今、ハルが思ってることが正解だよ」

「…………」

「ねえ、雪季ちゃん」

「は、はい？」

「ごめん、知っちゃった。雪季ちゃん、ハルの実の妹じゃないんだよね？」

「…………っ」

雪季は慌てて春太の顔を見てきて――仕方なく、春太は頷いてみせる。

「だったらさ、雪季ちゃん」

「な、なんですか？」

「あたしが代わりに、ハルの妹になってもいい？」

「えっ？　い、妹に…………？」

いったい、晶穂はなにを言っているのか――雪季は、さっぱり理解できない顔だ。

雪季のほうは、まだ春太と晶穂の秘密を知らないのだから、当然だ。

もちろん、春太も雪季に説明する覚悟はまだできていない。

結局、晶穂の思惑はどこにあるのか。

今の春太には、もうそんな大事なことを追及する気力は湧いてきそうになかった。

雪がちらつく中を、四人の少年と少女は、黙ったまま立ち尽くしている――

第10話　妹は兄をあきらめてしまいたい

日常が帰ってきた。

いや、旅行というには電車で三時間は近すぎる。

別に観光をしてきたわけでもないので、旅行気分は薄かった。

高級旅館の温泉を堪能できたのは、思わぬ拾いものだったが――

春太は、余計なものを拾い上げてきてしまったような気もかなりしている。

「あ、雪季。買ってきた土産って、どこに置いたっけ？」

「…………」

「雪季？」

旅行から帰宅した二日後の朝。

春太が朝食を済ませて部屋に戻り、ふと用事を思い出してキッチンに行くと。

雪季が、ぼけーっとシンクの前でお湯を流したまま立っている。

春太の食器をありがたくも洗ってくれているのだが、手が止まっているようだ。

「雪季、お湯がもったいないだろ」

「え？　あっ、すみません！」

春太は雪季の後ろに立って、きゅっと蛇口を閉めた。

「どうした、体調でも悪いのか？　まあ、向こう寒かったもんなあ。今日は勉強もいいから、寝てたらどうだ？」

「お兄ちゃん、すぐ全力で甘やかしてきますよね……」

「体調の問題なら、甘いもなにもないだろ。風邪引いてるなら、松風にだって優しくするぞ」

「お兄ちゃんは松風さんにも優しいと思いますけど……あ、いえ、体調は全然大丈夫です。今からジョギングだってできます」

「じゃあ、走ってくるか？」

「それとこれとは、話が別です」

どうあっても運動したくない妹だった。

「まだ旅行の疲れが残ってるのかもしれません。正直、ちょっと緊張してましたし……」

「なるほど、そりゃそうだな。霜月と仲直りできたんだから、結果オーライだが」

「はい、おーらいです」

雪季は、こくこくと頷いている。

そして春太は、「なにか隠してるな」と疑いを強める。

雪季は素直で隠し事が下手だ。特に、春太の前では。

実のところ、雪季は旅行から帰ってきてからたまにぼんやりしていた。

その原因は、おそらく——

母の家に泊まった夜、春太と雪季の秘密が晶穂にバレたあの夜。

春太たちを追いかけてきた雪季は、晶穂にかなりの不信を抱いた様子だった。

妹になってもいいか——あまりにも突拍子もない台詞だ。

雪季が変に思うのも当然だろう。

いや、もしかすると晶穂が春太と雪季の関係を疑っていたように、雪季もなにか感づいているのかもしれない。

晶穂の突拍子もなく思わせぶりな発言は、雪季の疑念をさらに強めてしまっただろう。

まさか、春太と晶穂が実の兄妹だということまで気づくはずもないが……。

「あ、お兄ちゃんが晶穂さんと夜中にこっそりデートしてたことを怒ってるわけじゃありませんよ？」

「……怒ってるのか？」

別に訊いてもいないことを、わざわざ白状してくる妹だった。

「晶穂さんとケンカしたわけでもありません。昨日も会いましたし」

「え？　いつの間に？　なんか用があったのか？」

「内緒です」

雪季は、蛇口をひねってお湯を出して、洗い物を再開する。

もしかすると、雪季の様子がおかしいのは晶穂の一件とは関係ないのだろうか。

晶穂と普通に会って話をしただけなら、それもありえる。

春太抜きで雪季が晶穂と会って、なにか話すことがあるとも思えないが……。

「あ、お兄ちゃん。お土産でしたね。松風さんに渡すって言ってたお菓子なら、戸棚の上から二段目、左のほうに置いておきました」

「そうか、サンキュー」

だが、朝からこれ以上追及することでもないだろう。

春太は言われたとおりのところから、土産の箱を取り出す。

「そうでした、お兄ちゃん。もう一つ」

「ん？」

「すみません、ぼーっとしててお弁当をつくり忘れてました」

「……ああ、適当に済ませるよ。気にしなくていいからな」

答えつつ、春太は意外に思った。

自分で言うのもなんだが、雪季が兄の弁当をつくり忘れるとは珍しいというレベルではない。

雪季のぼんやりは、だいぶ重症なのかもしれない。

晶穂との関係は結論を出すどころかこじれてきていて、そちらの解決も先延ばしにはできないが――

受験生である雪季のメンタルを安定させることは、なによりも優先すべきことだ。

他でもない雪季にせかされて、春太は仕方なく登校した。

妹の様子が気になるので、一日くらいサボってもよかったのだが。

雪季が妙に強く、遅刻せずに登校するように言ってきたので、そうもいかなかった。

「春太郎、今日はずっと浮かない顔してんなあ」

午前中の授業が終わり、昼休み――

松風が、春太の席までやってきて、不思議そうに見つめてきた。

「ちょっと疲れてんのかもな。ああ、今日は弁当ないからパンにするかな」

「へぇ、桜羽さんの弁当がないのか。パンだけだと腹ふくれねぇだろ。弁当も買えよ」

「運動部じゃねぇんだから、そんなに食えるか。あ、そうだ。また忘れるとこだった」

「なんだ、春太郎？」

「ほら、松風。バスケ部のみなさんでお召し上がりになれ」

春太は、カバンから取り出した箱を松風に手渡す。

「うん？　くるみとアーモンドのタルト？　ふーん、変わったお菓子だな。でも、うん、サクサクしてて美味いな」

「さっそく食うなよ。先輩に先に献上しないといけないんじゃないか？」

「こういうのは早い者勝ちだ。ボールに真っ先に飛びつくスポーツだぞ、バスケは。後輩だからって遠慮しちゃいけない」

「競技の内容はあんま関係ねぇと思うけどな……」

そう言いつつ、春太は親友が先輩相手でも遠慮しない性格だと知っている。

松風にはそれが許される愛嬌があるので、トラブルになったことは少ないが。

「つーか、先輩方には春太郎を部に連行しろって言われてんだよな。デカいし、運動神経もいいし、経験者なんだし、むしろバスケ部に入らない理由がわからねぇってさ」

「妹の受験があるのに、部活やってる暇なんかあるわけないだろ」

「その理由で先輩方を納得させせんのは至難の業だな……」

「先輩といえば、おまえと霜月って――」

「ん？　あのポニーテールがどうかしたのか？」

「いや、なんでもない」

なぜ、松風が霜月と関係を持ったと大嘘をついたのか。

気にはなるが、どうにも訊きづらい。

なんとなくだが――春太は親友にその質問をするのは地雷を踏み抜くようなものだと思うからだ。

「そうか、春太郎、桜羽さんが住んでた町に行ったんだよな。霜月とも会ったのか？」

「……まあ、一応な」

追及しないつもりだったのに、松風のほうが食いついてきた。

「もしかして、霜月からなんか聞いたか？」

「雪季とは和解してた。霜月のほうはわだかまりがまだありそうだが、雪季は完全に水に流したみたいだ」

「ふーん、それはよかった。ケジメをつけんのは大事だからな」

松風は笑って、パンと春太の肩を軽く叩いてきた。

「ん？　よくねぇのか？　やべーなあ、あのポニテ、春太郎に近づきそうだなあ」

「ヤバいってなんだよ。おまえ、この前言ってたこと――」

「気にすんな。あ、そうだ。そんなことより」

松風は、明らかに無理矢理に話題を転換しようとしている。

春太は、霜月とヤった云々という話が嘘だったと確信しつつある。

なにか意図があってのことのような気も――

「その旅行、月夜見さんも一緒だったのか？」

「あれ、俺そんなことまでしゃべったか？」

松風と霜月の関係――親友の嘘の理由は気になるが、また新情報が出てきた。

「バスケ部の友達が、おまえと桜羽さんと月夜見さんが三人で駅にいるところを見たってさ。おまえも月夜見さんも目立つからなあ」

「世間は狭いな。迂闊な行動できねぇ」

「その友達、桜羽さんを紹介してほしそうだったぞ」

「手間をかけて悪いが、死ねと伝えといてくれないか？」

「殺されるぞ、とは既に言ってある」

さすがは親友で、不埒者への対処をよく心得ているようだ。

春太は雪季が実の妹でなかろうと、悪い虫を生かしておくつもりはない。

「だいたい、雪季は受験生だぞ。もう追い込みの時期だしな。雪季じゃなくても、中三にちょっかいかけんなよ」

「それもそうだ――っと、なんだ？」

「どうかしたのか、松風？」

松風がスマホを取り出し、画面を見て首を傾げている。

「友達からＬＩＮＥ。なんか、下駄箱んトコにすげー可愛い子がいたってさ」

「なんだ、そりゃ？　いちいちそんなこと報告してこなくても」

春太は苦笑してしまう。

悠凛館高校は一学年に約三〇〇人と、割と多めだ。

春太は同学年でも名前を知らない生徒のほうが多いし、入学から半年以上経った今でも、顔を見たこともない上級生だっているだろう。

それとも、よほどその女子生徒が可愛いのか。

「……おい、春太郎」

「なんだ?」

「急いだほうがいいな」

松風は、スマホの画面を春太に向けてきた。

そこには、写真が表示されている。

LINEで届いた写真らしいが――

「……確かにすげー可愛いな。俺、今日は昼飯を食う暇があるかな」

「さっと食えるパンとか適当に買っとくか?」

「ありがたいが、やめとく。どうなるか、さっぱりわからねぇ。ちょっと行ってくる」

春太は松風の返事を待たずに立ち上がり、小走りに教室を出る。

出る直前に、ちらりと晶穂の席のほうを見た。

春太のカノジョは派手な陽キャ女子グループと、いつものようにおしゃべりに興じている。

晶穂はまだ知らないようだが、このトラブルは彼女には知られないままにしておきたい。

「…………」

ふと、晶穂のほうもちらりと春太を見た。

彼女が一瞬だけニヤリと笑ったように見えたが――今はそれどころではない。

「雪季っ」

「おっ、お兄ちゃん――」

「なにしてるんだ、おまえは？」

下駄箱近くにある自販機のそばに、妹はいた。

長身の身体を無理矢理に物陰に押し込むようにして、隠れていた。

雪季は、キャメルカラーのブレザーにチェックのミニスカートという格好――悠凜館高校の制服姿だ。

しかも、太いフレームの黒縁眼鏡をかけ、茶色い髪を三つ編みにしている。

「な、なぜ私だと一目で……？」

「変装のつもりだったのかよ」

眼鏡をかけて髪型を変えるだけでは、ほとんど変化がないに等しい。

そもそも、雪季の大きな目も綺麗な茶髪も多少の変化では隠しきれない。

「その制服、いったいどうしたんだ？」

「えーと……」

「晶穂さんにお願いしました。晶穂さんの制服だとサイズ合いませんが、軽音楽部の先輩さんから予備を借りてくださったそうです」

兄に言われるとあっさり口を割ってしまう妹だった。

雪季が晶穂に会ったのは、制服を借りるためだったらしい。

「晶穂め、こっそりなにを……あいつ、俺を裏切るのが趣味なのか？」

「？　お兄ちゃん、晶穂さんに裏切られたことあるんですか？」

「気にするな。それより……ここの生徒でもないのに、教師にバレたらヤバいぞ」

「……怒られますかね？」

くいっと小首を傾げる雪季。

この可愛さなら大人も迂闊に怒れないだろうが、油断は禁物だ。

「ついてってやるから、とりあえず外に出よう。今ならまだなんとか——」

「あの、もうちょっと、ここにいてはいけませんか？」

「え？　そういや、いったいなにしに来たんだ？」

「ふ、ふゆちゃんイーツでーす。お、お弁当のお届けに上がりましたー」

「…………」

弁当を届けにきたというより、その口実のために「つくり忘れた」と嘘をついたのだろう。

おそらく、弁当自体は朝の時点で用意してあったに違いない。

晶穂の裏切りは珍しくないが、雪季の嘘はレアだ。

「弁当はありがたいが、ここに来た理由はそれだけじゃないよな？」

「お、お兄ちゃんたちの学校を一度見てみたくて。私は、この学校には通えないわけですし。せめて、ちょっとくらいは——って」

「はぁ……わかった、わかった。でも、教室に潜り込ませるわけにもいかねぇしな」

眼鏡をかけようが、地味な髪型にしようが、雪季はあまりに目立ちすぎる。

クラスメイトたちに口止めできても、教師には気づかれてしまうだろう。

「休み時間に校内を案内してやるくらいならできるが、授業中に隠れとく場所なんてあったかな。どっか空き教室とか……」

「あ、それなら大丈夫です」

雪季がスカートのポケットから、鍵らしきものを取り出した。

「なんだ、それ？」

「軽音楽部の部室の鍵です。晶穂さんの先輩方が、こっそり合鍵つくってたらしいです」

「さりげに、とんでもねぇことやってんな」

もちろん、部室の鍵は毎回職員室に返さなければならない。

学校にバレたら謹慎をくらうのではないか？

「でも、そういえば軽音楽部の部室、どこにあるのか聞いてません」

「晶穂も変なトコ抜けてんな……っと、まずいな。とにかく、移動しよう」

春太たちのそばで男女の生徒同士が、なにやらヒソヒソ話している。

通りかかった他の生徒に怪しまれているようだ。

どうしても雪季は目立つので、人目のあるところにはいられない。

仕方なく、春太は雪季を連れて軽音楽部の部室へ移動する。

文化系の部室は、特別教室が集まっている第二校舎にある。

軽音楽部の部室は、騒音を考慮して隔離されていて、生徒や教師が通りかかる可能性も低い。

「ほぇー、意外と広いですね」

「俺も晶穂の文化祭の練習に付き合ったときに、何回か来ただけなんだよな」

部室が集まっている一角は、帰宅部の春太には縁のない場所だ。

軽音楽部の部室は教室の半分ほどの広さで、カーペットが敷かれ、壁際にはドラムセットが置かれている。

「ドラムは備品としても、ギターとかまであるんですね」

「卒業生が置いていったんじゃないか。卒業したら音楽も卒業、みたいな」

「そんな、寂しい……切ないお別れがあったんですね」

ドライな春太は、楽器は邪魔だから放置していったのでは、と思うが黙っておく。

「それで、少しは学校見られたか？」

「いえ、入り口のあたりでウロウロしていたら変な目で見られて……全然です」

「だろうな」

やはり、この可愛すぎる妹は注目を集めすぎて潜入任務には向かない。

松風の友人が、わざわざ報告してきたのも頷ける。

「あ、そんなことより、ごめんなさい、お兄ちゃん。勝手に来てしまって……」

「気にすんな。だいたい、もっと大事なことがあるだろう」

「え？　なんです？」

「せっかく、雪季が悠凜館の制服着てるんだからな。写真撮りまくらねぇと！」

「なるほど、さすがお兄ちゃんです！　ポーズは任せてください！」

どんなときでも、馬鹿な兄妹だった。

雪季は、三つ編みにしていた髪を素早くほどき、どこからか取り出したブラシでささっと整えてしまう。

もちろん眼鏡も外して、いつもどおりの雪季ができあがっていた。

「手始めに、こんなのどうですか？」

「おお、いいな」

雪季は片手を腰に当て、軽く屈み、あざとくウィンクなどしている。

春太はスマホを妹に向けてパシャリと撮影する。

悠凜館のキャメルのブレザーにチェックのミニスカートは、男女どちらからも好評だ。

その可愛い制服は、まるで雪季に着せるためにデザインされたかのような似合い方だ。

続いて、雪季は太ももに両手を当てて前屈みになり、制服の上からでもわかる豊かな胸を強調してくる。

「どうですか、お兄ちゃん」

「いいぞ、もっといってみよう、雪季！」

「はい、任せてください！　お兄ちゃんに自撮りを送り続けた数ヶ月は伊達じゃないです！」

「人生、無駄がないな！」

雪季は母親と二人で暮らしていた頃、一日も欠かさずに春太に自撮り写真を送っていた。

その写真のおかげで、雪季に異常が起きていることに気づけたわけだが。

確かに、自撮りの日々でポーズのパターンが飛躍的に増えたらしい。

「こんなの……よくないですか？」

「いいな！　でも人には見せられないな！」

雪季は、チェックのミニスカートを軽く持ち上げて、白い太ももをあらわにする。

この写真は万が一にも人に見られないようにＰＣに移動させて、スマホから削除コースだ。

「お兄ちゃん、動画もお願いします。映像でも今日の私を残しておきたいです」

「なるほど、それもそうだな」

春太はスマホのカメラアプリを動画モードに切り替え、雪季に向ける。

雪季は軽く跳び上がったり、くるりと回転したりと動きで魅せる研究も怠っていないことを見せつけてくる。

短いスカートがひらりと揺れ、白いパンツがチラチラしている。

ブラウスのボタンをいくつか外し、あらわになった胸元がぷるんぷるんと揺れる。

「ふぅ……いい仕事をしました。可愛いパンツをはいてきて正解でした」

「見せてたのかよ。いや、俺もいい仕事できたな。もっとカメラつよつよのスマホに買い替えてもいいかもな……ほら、雪季」

「わー♡」

春太がスマホを渡すと、雪季は自分を撮った写真や動画を眺めながら歓声を上げる。

「私のポーズ技術も成長しましたけど、お兄ちゃんの撮影技術も上がってません？」

「まあ、晶穂のステージとかも撮ってたしな。動画の編集もかなりできるぞ」

晶穂のＵ Ｃｕｂｅ用の動画撮影と編集は、いつの間にか完全に春太の担当になっている。

自分でも意外だが、春太は凝り性だったらしく、撮影も構図などにかなりこだわるようになった。

「あー、自分で言うのもなんですけど、私この制服似合いますね」

「身内びいきじゃなくて、そう思うな。中学の制服もシャレたデザインだが、こっちはもっと似合うくらいかもなあ」

「ですよねー」

雪季はつぶやいてから、スマホを春太に返して。

ぺたんとその場に座り込むと、ふうっと大きくため息をついた。

「……雪季？　どうしたんだ？」

「この制服、ここの生徒になって着たかったです……」

「………」

雪季は困ったように笑ってそう言うと、小さく首を振った。

「いえ、ゲームで遊んでばかりで、なまけてた私がいけないんですよね。もっと早くから勉強を始めてたら、悠凜館にも進めたかもしれないのに……」

「雪季……まあ、人には得手不得手があるから」

「勉強しても無駄だったと!?」

春太もゲームばかりしていたが、さほど手こずらずに悠凜館に合格している。

冗談ではなく、雪季が猛勉強していても、春太と同じ高校に進めたかはかなり怪しい。

「悪いが、慰めてはやらないぞ。雪季が言ったとおりでもあるしな」

「は、はい。お兄ちゃんに、たまには厳しくしてもらわないと甘えてばかりになっちゃいます。もっと言っていいですよ」

「これ以上言うことはないな。みんなが行きたい学校に行けたら苦労はしねぇよ。もっと正直に言えば、中学は楽しいもんだ。雪季が苦手な勉強ばかりして、その楽しい中学時代を犠牲にしなくてよかったとも思う」

「……やっぱり、お兄ちゃんは私を甘やかしすぎだと思います」

雪季は苦笑いを浮かべている。

その雪季が言うとおり、春太は厳しく言おうとしてもすぐにまた甘やかしてしまう。

しかも、そんな自分を悪いとも思わない。

「よし、雪季。もっかい眼鏡だけかけろ」

「え？」

「俺と一緒の高校生活、もう少し楽しんでみたくないか？」

悠凜館高校の学食は、いつも混雑している。

安くて美味しく、メニューも豊富で、生徒からの人気も高い。

松風たち体育会系組には量が物足りないらしいが、一般生徒にはボリュームも充分だ。

ついでに、弁当やパンの持ち込みも許可されているのも人が多い原因だろう。

「あ、この唐揚げ、美味しいですね。うーん、私のお弁当もできたて熱々には勝てませんね」

「雪季の弁当は冷めても全然美味いぞ」

春太は雪季と並んで座り、ふゆちゃんイーツが届けてくれた弁当を食べている。

雪季が学食の料理も食べてみたいといったので、人気トップの唐揚げも注文してみた。

幸い、昼休み開始から少し経っているので、混雑も多少緩和されている。

美味しい弁当と唐揚げを、落ち着いて食べられるのが嬉しい。

それでいて、周りが食事とおしゃべりに集中しているので、雪季があまり注目されていないのも助かる。

「ほら、雪季。唐揚げ、もう一つ食っていいぞ」

「えー、あまり食べると太っちゃいますね。困ります」

そう言いつつ、雪季は皿に残った唐揚げを嬉しそうに食べた。

普段、スタイル維持のために節制している妹だが、美味しい物は大好きだ。

「じゃあ、代わりにお兄ちゃんに玉子焼きあげますね。どうぞ」

「ああ、サンキュー」

雪季が自分の玉子焼きを箸でつまんで春太の弁当箱に移してくる。

遠慮なく、春太は雪季の玉子焼きをぱくりと食べる。

春太は甘めに味付けされた玉子焼きも好物で、弁当にはいつも入れてもらっている。

「学食もいいが、やっぱ雪季の弁当だな」

「もー、私もプロの料理にはかないませんよ。あ、お茶なくなってますね。おかわり、入れてきます」

雪季は春太のカラになったグラスを掴むと、セルフの麦茶をもらいに行った。

初めての学食の割に、雪季はもう馴染んだようだ。

雪季がグラスを持って、春太の近くまで戻ってきたところで——

「おっ、桜羽さん。なんだ、学食に来てたのか」

「あ、松風さん。すみません、お騒がせしたみたいで……」

「全然いいよ。でも、意外に大胆なことするなあ。いや、春太郎のことなら行動力発揮するよな、桜羽さん」

「そ、そんなことは……」

雪季は、照れて顔を赤くしている。

「そ、それより、松風さん。お弁当とパンなんですか」

「これが一番コスパいい組み合わせなんだよ」

「お、おい、マツ。その子、誰だ？　こんな子、いたっけ？」

「やべー、月夜見さん並じゃねぇか。なんで俺、こんな可愛い子に気づいてなかったんだ？」

まずい、と春太は焦る。

松風と一緒に、数人のクラスメイトたちがいる。

全員が男子で、雪季の美貌に驚いているようだ。

「おいおい、騒ぐな野郎ども。この子は――えーと、桜羽の幼なじみだ。妙なちょっかいかけたら、桜羽が相手になるぞ」

「げっ……！」

松風が釘を刺すと、男子たちは一斉に怯えたような顔になる。

俺ってそんなに怖いだろうか、と春太は少し傷つきつつ。

「ほら、雪季。そいつらの相手はいいから、メシの続きだ」

「あ、はい」

とててて、と雪季が慌てて早足で春太のところに行こうとして――

「わ、私、春太くんの幼なじみの冬野雪季です。よ、よろしくお願いします」

足を止め、クラスメイトたちにぺこりと頭を下げる。

おおーっ、とそれだけのことで男どもが騒ぎ出す。

「おらおら、邪魔をしないように。あっちの席空いてるな。じゃあな、春太郎」

「ああ、いろいろ悪いな」

春太が軽く手を挙げると、松風もそれに応じて手を挙げてから離れた席へと歩いて行った。

クラスの男子たちは、雪季に興味津々の目を向けていたが、春太がひと睨みすると視線を逸らして松風についていった。

「よく挨拶できたな、雪季」

「あ、挨拶くらいできます。私ももうお子様じゃないんですよ」

ぷぅっ、と頬をふくらませる雪季。

そういう仕草が子供なのだが――

「でも、松風さんのお気遣いは上手ですね。妹、だと変ですもんね」

「一年生で妹が同じ学校に通ってるのは珍しいからな」

双子や年子ならありえるが、ごまかすほうが早いだろう。

雪季が春太や松風と幼なじみというのも、あながち嘘でもない。

「どうせなら、カノジョにしたほうがよかったですけど」

「……そうはいかんだろ。俺が晶穂と付き合ってるって、みんな知ってるしな」

ただでさえ雪季のような美少女の出現で騒ぎになっているのに。

ここで、〝新たなカノジョ〟などという属性をプラスしたら、収拾がつかなくなる。

「あの、お兄ちゃん。あとで、晶穂さんのところにも行きましょう」

「え？　なんでだ？」

「制服貸してくれましたし、一度お見せしておかないと」

「……まあ、そうだな」

別に晶穂に見せる必要はないと思うし、あまり移動したくないが……。

今さら多少の騒ぎを気にすることもない。

春太と雪季は、弁当を食べ終わると、食堂を出た。

廊下ですれ違う生徒の何人かは雪季に驚いたり、首を傾げたりしている。

雪季の可愛さに驚き、「誰だ？」と不審に思っているのだろう。

横を歩いている春太が堂々と歩いているので、特に騒ぎ出す生徒はいないようだ。

できれば、教師と出くわしませんように。

春太が祈りつつ廊下を進み、階段を上がって――

「おっ？」

「あ、ここにいたのか」

春太たちの教室があるフロアに上がったところで、正面から晶穂が歩いてきた。

クラスの友人が、三人一緒だ。

「おー、雪季ちゃん、マジで来たんだ。ウチの制服も似合うね」

「あ、ありがとうございます。食堂でご飯も食べちゃいました」

「あはは、大胆だね、雪季ちゃん」

旅行先であんなことがあった割に、雪季と晶穂は和やかな様子だ。

やはり、雪季の様子が変だったのは、晶穂のせいではないのだろうか？

春太はますますわけがわからなくなってきた。

「まあ、適当なトコで姿を消しちゃえば大丈夫だろうけどね」

「はい、そうします。でも、晶穂さん。その前に――」

春太の背中に隠れるようにしていた雪季が、一歩前に出た。

「雪季？」

「ちょっとだけ待ってください」

雪季は、春太にそう言うとさらに一歩、晶穂に近づいて――

「わ、私がお兄ちゃ――いえ、桜羽春太さんのカノジョになります！　絶対に、晶穂さんから取り戻しますから！」

「…………っ⁉」

雪季はそう言い放つと、ぱっと身を翻して走り出した。

廊下は走るな、なんて当たり前の注意を春太はできなかった。

「ふ、雪季……？」

「なるほど、そうきたか。あたしと雪季ちゃんって、お互いのポジションを狙ってんだね」

「おまえ、なにをそんな呑気に……」

春太は、微笑さえ浮かべている晶穂に呆れてしまう。

晶穂は春太のカノジョであることをやめ、妹になろうとしている。

雪季は春太の妹であることをやめ、カノジョになろうとしている……？

「あの子って、前にエアルで会った桜羽くんの妹さんじゃ……？」

「でも、カノジョって言ったよね？　ん？　どゆこと？」

晶穂の友人たちは、混乱しているようだ。

唐突な、友達のカレシの略奪宣言。

しかも、それがカレシの妹なら混乱しないほうがおかしい。

「どうでもいいけど、ハル。雪季ちゃん、追いかけたほうがいいんじゃない？」

「……そうだった」

春太も雪季と同じく、身を翻す。

雪季は運動神経に欠ける上に、不案内な初めての校内だ。

追いつくことは難しくない。

だが、追いつくのは簡単でも——なにを言うべきか言葉を選ぶのは難しい。

晶穂は一歩踏み出し、雪季も踏み込んできた。

春太も巻き込まれるばかり、翻弄されるばかりではいられない。

もう今までどおりではいられない——春太は、覚悟とともに確信するしかなかった。

第11話　エピローグ

結局、春太は早退することにした。

当然のように、足が遅い雪季を簡単に捕まえることはできた。

その雪季を連れて、松風に教わった裏口から脱出し、校外に出た。

カバンなどもあとで松風が持ってきてくれる手はずになっている。

ありがたいことだ。もっとも、親友はこの程度のことは貸しだとも思わないだろう。

「……ごめんなさい、お兄ちゃん」

「春太くんとか春太さんとか、雪季にそんな呼び方されたのは初めてだったな」

学校を出て、しばらく歩いてから雪季がつぶやくように言って。

春太は、責めていると勘違いされないように、できる限り軽く答えた。

「晶穂さん、怒ってるでしょうか……？」

「あいつが怒るポイント、よくわからねぇからな。でも、雪季が走って行ったあと、追いかけろって言ってた」

「そうですか……」

雪季は、さらに三分ほど黙ったまま歩いてから――

「ママの家に泊まった夜、お兄ちゃんと晶穂さんがこっそり抜け出して、どこかに行ったとき——私、急に怖くなったんです」

「え？　なんだ、今度は？」

「このまま、お兄ちゃんと晶穂さんが戻ってこないような気がして。だから、透子ちゃんにも無理を言ってついてきてもらったんです」

「……考えすぎだな。いくらなんでもそんなことは——」

ない、とは言えない。

実際、晶穂は本気だったかどうかはともかく、そんな話もしていた。

バス停での会話は、思い返せばかなり際どかった。

兄妹で恋人——際どすぎる関係の二人の夜が、成り行き次第でどう転んだか。

春太も、晶穂と二人きりの夜で自分が流されなかった確信は持てない。

万に一つは、二人でどこかに姿を消す——という選択肢もあったかもしれないのだ。

その場合は、雪季と離れることになってしまうが——

ありえなかったとは言えないくらい、晶穂との関係は複雑化してしまっている。

「なあ、雪季」

「はい」

言うべき言葉は決まった。もう、雪季にも晶穂との関係を隠すべきではない。

雪季は踏み込んできたのだから、春太も巻き込まれるだけでなく、自分から動かなければ。

「雪季、一つ聞いてほしいことが――」

「待ってください」

雪季は足を止め、春太の前に手をかざしてみせた。

「その前に、私のほうから聞いてほしいことがあります。ダメですか？」

「いや……雪季が先でいい」

出鼻をくじかれてしまったが、こんなときでも雪季の意思を最優先してしまう。

いつもの甘やかすクセが、この状況でも出るとは春太も思わなかった。

「ありがとうございます。だったら――ちょっと来てください！」

「えっ、おい、どこへ？」

雪季が突然、春太の手首を掴んで走り出した。

運動神経ゼロの妹だが、走っている姿は意外にサマになる。

いや、そんなことはいいのだが――

春太は今はもう、誰よりも理解していたはずの妹のことさえ、なにを考えているのかまったく読めない。

悠凛館の最寄り駅から電車で数分――

雪季が春太の手を引いて、たどり着いたのは一軒のアパートだった。

三階建ての茶色い建物で、築年数は多少経っていそうだが、小綺麗で見た目は悪くない。

春太は玄関に貼られているプレートを見た。

「雪風荘……また古風な名前だな」

「私の名前から一字取っていて、いい名前ですね」

「どう見ても、雪季より年上だろ、この建物。それで、なんなんだ、ここ？」

「このアパート、お母さんの知り合いが経営しているらしいです。冬野さんって言うみたいですよ」

「また冬野……？」

冬野の巣窟だという母の地元なのか、同じく冬野が多い霜月が住んでいる町のほうなのか。

「その知り合いの冬野さんに、なんか用があるのか？　母さんからお使いを頼まれたとか？」

「いえ……ママが私を呼んだ本題がこのアパートのことだったんです」

「は？　なんだ、それ？」

春太は、妹がなんの話を始めたかわからない――わからないと思いたかった。

「お兄ちゃん、もう気づいてますよね？」

「……ミナジョが歩いてすぐだな」

水流川女子、略してミナジョは雪季が受験する予定の女子高だ。

春太は実際に行ったことはまだないが、ネットで周囲を調べたりはしている。

このアパートからだと歩いて一〇分程度だろう。

「雪季、おまえもしかして……」

「私がママにお願いしたんです。ミナジョに合格したら、一人暮らし、し、しても、い、いいですか、って」

「ひ、一人暮らしって……！」

「ママのところに行く前から、軽く話はしていたんです。そしたら、出発する前にママからこのアパートのことを知らされて、ちょっとびっくりでした」

「あ……」

母親が住む町に向かう前、駅で雪季は母と電話で話していた。

なにやら、雪季が驚いていたような記憶もある。

母がこのアパートのことを教え、一人暮らしの許可を出したことに驚いていたらしい。

「待て、そもそもミナジョは生徒の一人暮らしOKなのか⁉」

「許可を取ればOKらしいです。このアパート、ほとんどの住人がミナジョの生徒で、寮みたいになってるって聞きました」

「寮……いや、そうだとしても、なんで雪季が家を出る必要あるんだよ。ウチからでも全然通えるだろ！」

雪季の電車通学は頭が痛い話だったが、こんな方法での解決は考えたこともなかった。

一人暮らし——雪季は家事万能だし、生活自体はできるだろう。だが——

「家を出るのは早すぎる。女の子が一人で暮らすなんて、なにかトラブルが起きたら——」

「ママは賛成みたいでした。たぶん、パパも反対しないと思います。あとは、お兄ちゃんだけです」

「俺だけ、か……」

両親が賛成するのはわかる。

元々、春太と雪季を引き離しておきたかったのだから。

両親も雪季の一人暮らしは心配だろうが、母の知り合いがオーナーで、寮のようなものならその心配もだいぶ軽減できる。

「……もし、俺が反対したら？」

「私は素直で可愛い妹のつもりですけど、最初で最後の反抗をするかもしれません」

雪季は冗談めかしたわけでもなく、真剣な顔で言い切った。

妹のサラサラの長い茶髪が、風に揺れている。

「ママは元から考えてたみたいですよ。私が受験する高校の近くに知り合いのアパートがあって、ちょうどよく部屋にも空きが出るなんて、運命だって思ったとか。意外にロマンチストなところあるんですね」

「ウチの親、どっちも意外なところがあるみたいだな……」

父の意外性は、もちろんヨソに子供をつくっていたことだが、そこまでは説明できない。

「娘の私も意外な行動に出ることにしました。こんなの、全然私らしくないですけど」

「ああ、まったくそのとおりだ」

「でも、このままじゃ、素直で可愛いままじゃ私はずっと——お兄ちゃんの妹のままです」

「雪季は俺の妹だよ。血が繋がっていなくても。何度だって言うぞ」

「やっぱり変なんですよ、お兄ちゃん。妹とキスしちゃいけないんです。本当なら、血が繋がってないってずっと知らないままなら、さすがにキスまではしなかったですよね」

「……どうかな」

雪季と初めてキスしたのは、彼女が実の妹ではないと知った日の夜。

結果だけ見れば、一度も〝この妹〟とは兄妹の一線を越えていないのだが——

もしも実の兄妹ではないと知らないまま、もっと時間が経って雪季が高校生になり、もっと綺麗になった雪季のそばにいたら——春太が妹に向ける気持ちがどう変わっていたか。

「だけど、私はお兄ちゃんが好きなんです」

「雪季……」

「妹として甘やかしてくれるお兄ちゃんがずっと好きでした。でも、それだけじゃもう我慢できないんです。お兄ちゃんだって――我慢できないから、キスしたり、いろいろ……」

「確かに、そうだ。俺だってもう、雪季を妹としか見てないとは言い切れない」

それは認めるしかなかった。

一線は越えていない――

ただ一線を越えていないだけで、雪季の身体を何度も求めてしまっている。

この状況では、口が裂けても〝単なる妹〟だなんて言えないだろう。

「ありがとうございます、お兄ちゃん。そう言ってもらえて嬉しい――ですけど、今のままではお兄ちゃんは私を妹としか見られないですよね。だから、晶穂さんを押しのけてでも、私はカノジョになりたい――」

「……晶穂は、俺の妹だ」

「え？」

雪季が、きょとんとして固まってしまった。

今、俺はなにを言った？

春太は、さぁっと血の気が引くのを感じたが、今さら言葉を引っ込めることもできない。

なぜ言ってしまったのか――少なくとも、今はそのタイミングではなかったはずだ。

だが、雪季の言葉を遮ってでも、言わずにはいられなかった。

春太はこの数ヶ月、巻き込まれる側であり続けた。

真実に振り回され、それを受け止めて整理するだけで精一杯。

自分から動いたことなど、数えるほどしかなかった。

だから、せめて——この大切な真実だけは。

いつかは雪季が知らなくてはならなかったこの真実だけは、春太が自分から語らなければならなかった。

巻き込まれるばかりでなく、自分から一歩を踏み出すためにも。

雪季が、本心を明かしてくれたのだから、それに応えるためにも。

「すまん、いきなりの話で。でも、俺の口から雪季に伝えなくちゃいけなかったんだ」

「あ、晶穂さんが妹って……お兄ちゃん……ほ、本当に……？」

「ああ……腹違いの妹だ。ＤＮＡ鑑定をしたわけじゃないが、たぶん間違いないと思う」

春太は話せる限りのことを雪季に説明した。

雪季は不思議と落ち着いていて、騒いだりすることもなく、黙って聞いてくれた。

だから、春太はすべてを語ることができた。

晶穂の父親が、桜羽真太郎であること。

母親の月夜見秋葉のことは春太もまだ詳しく知らないが、春太と晶穂が兄妹であるとずっと昔から知っていること。

晶穂も、春太と血が繋がっていることは幼い頃から知っていること。

そして、春太と晶穂は今もまだ別れられていないこと――

「だから晶穂さん、妹になるなんて――変だとは思ってました。お兄ちゃんと晶穂さん……」

春太が説明を終えると、雪季はぽつりとつぶやくように言った。

「変って？」

「だって、晶穂さん、私とお兄ちゃんがイチャイチャしてても全然気にしてないみたいで。ただのカノジョならもうちょっとヤキモチ焼いたりするでしょう。少なくとも私は、お兄ちゃんと晶穂さんがおしゃべりしてるだけでちょっとイラッとしてました」

「おまえ、あまり気にならないみたいなこと言ってなかったか……？」

「嘘です」

「きっぱり言いやがるな」

春太は、思わず苦笑しそうになってしまう。

今は、笑うような場面ではないのだが。

「でも、私は――私だけは兄妹だから付き合うのは変、なんて言えませんね」

「たぶん、説得力はないな。俺のせいだけど」

「いえ、誰のせいでもないと思います。それに、お兄ちゃんと晶穂さんの関係って、周りから見たらそんなに特別でもないですよ、たぶん」

「え？」

実の兄妹でありながら、恋人同士——

これが特別でなくて、なんだというのか。

「だって、兄妹みたいな恋人同士ってけっこういるじゃないですか。お兄ちゃんたちは、人から見ればそういう二人です」

「兄妹みたいっていうか、実際に兄妹なんだけどな……」

血縁、という要素はまったく無視できない。

春太は少し歩こう、と誘って雪風荘の前を離れた。

いつまでも、自宅でもないアパートの前で話しているわけにもいかない。

「お兄ちゃんは……晶穂さんと血が繋がってること、気にしてるんですね？」

「当たり前だろ。血が繋がった妹と付き合ってるなんて……」

「でも、私のことも十年以上も妹としか見てなかったことを気にしてますよね？」

「……それも当たり前だろ」

血縁がなかったからといって、妹をいきなり他人の女の子として見ることは難しい。

春太は、そんな切り替えができる性格ではないのだ。

「おかしな話ですね。私はお兄ちゃんのカノジョになりたい、晶穂さんは妹になりたい。けど、お兄ちゃんは——私を妹として見てて、晶穂さんをまだカノジョとして見てます」

「言い切られちまったな。まあ……否定はできないが」

春太は、雪季と晶穂に対して踏み込むと決めた。

それでもまだ、彼女たち二人をどういう存在として認識しているのか、自分でもわからない。

「お兄ちゃん」

雪季は足を止め、じぃっと春太を見つめてきた。

「私、お兄ちゃんを晶穂さんに渡したくない。あの夜、二人で家を抜け出した晶穂さんに嫉妬して、お兄ちゃんまで憎くなりそうでした……」

「………」

雪季の顔に、これまで見たこともない感情が表れている。

子供っぽい嫉妬ではなく――〝女〟の嫉妬なのだろうか。

春太は、ぶるっと背筋が震えるのがわかった。

「だから、私は変わらないといけないって決意しました。バス停にいたお兄ちゃんと晶穂さんのお邪魔をしました。邪魔をしないと、二人がそのままいなくなってしまいそうだったから。もちろん、それだけじゃいけません。一人暮らしを選んだのも、私の決意の表れです」

「家を出て、妹じゃなくて――これからは、一人の女の子として雪季を見ろってことか」

「さすがお兄ちゃん、私の考えてることなんてお見通しですね」

「………」

今の今まで、雪季がなにを考えているのかわからなかった。

だが、ここまで言われたら、春太でなくても推測できることだろう。

「もう一度、お兄ちゃんにはっきり言います。さっきのは晶穂さんへの宣戦布告でしたから」

「雪季……」

「私はもうすぐ中学卒業です。そうしたら、妹も卒業してお兄ちゃんの——あなたのカノジョになりたい」

「…………っ」

雪季は、すっと春太にくっついてくる。

抱きつくでもなく、ただ寄り添うだけ——

春太は既に、妹が別の存在に変わったように思えてならなかった。

少なくとも今の雪季は、可愛いだけの、甘やかされるだけの妹ではない。

雪季は自分の意思で、一歩を踏み出したのだ。

そうか、だったら俺も——今度こそ、決めなくてはいけない。

春太は両腕をだらりと下げたまま、雪季の身体に触れることもできないまま思う。

ぬくもりを伝えてくる目の前にいる少女が妹なのか、妹ではないのか。

それすらもわからない以上、手を伸ばすことはできない。

ただ一つ、わかっていることは。

春太が雪季を妹にするか、カノジョにするか、どちらを選ぶにしても。
もう、冬野雪季はただの妹ではなくなるということだ――

あとがき

どうも、鏡遊です。二ヶ月続けてお会いできて嬉しいです。

前巻のラストから、お待たせせずに次巻を出せたのはありがたいですね。

続けて読まれてる方ばかりではないでしょうけど、この作品は1巻2巻と二ヶ月連続刊行なんですよ。

内容的に、1巻から続けて読んでもらうのがベストという理由が大きいですね。

実は同作品の連続刊行は初めてではないのですが、今回もやはり大変でした。

「カクヨム版がベースなんだし、連続刊行余裕やろ」とか思ってましたが、とんでもなかったです。普通に、書き下ろし作品と作業量的にはあまり変わらなかったような。

まあ、カクヨム版からがっつり加筆修正していますし、呑気に一人でやっていたネット小説とは違って編集部のチェックや校正、イラスト周りの確認、その他もろもろありますからね。

ただ、大変だけど、楽しくもありました。特にイラストの確認は本当に楽しい！

2巻では霜月透子もイラストで登場してくれて、めちゃめちゃ嬉しかったです！

初登場ではやべぇイジメっ子だったのに、あんな清楚系美少女だったとは。春太くん、あんまりイジってやるなよと作者ながら思ってしまうくらいで。

霜月絡みの加筆も多かったかも。カクヨム版では霜月は名前すらなく〝ポニーテール女子〟としか書いてなかったんですよね。それを思えば、えらい出世です（笑）。最初から再登場を考えてはいたんですが、まさかここまで重要キャラになるとは。

そうそう、2巻は1巻より加筆修正がかなり多めになりました。

特に後半はカクヨム版と別物と言ってもいいくらいです。

このあとがきを書いている現在、カクヨム版は3章まで完結済みです。

1章が1巻、2章が2巻なので、無事に続刊できれば3章の内容が3巻になるわけですが、書籍版はもう話がだいぶ変わっていますので、どうなることやら。

もちろん、2巻の続きも楽しんでいただきたいので、続刊できるように応援していただけたら嬉しいです……！

そういえば、1巻2巻の書籍化作業をしつつ、同時にカクヨム版3章を書いていたのですが、「あれ、あの話ってカクヨム版と書籍版、どっちで書いたんだっけ？」と混乱しそうになりました。

ネット小説の書籍化作業は初めてでしたが、あるあるなんでしょうか？

今回、あとがきページが多いので〝妹〟についてでも語りますか。

なんだかんだで妹キャラはよく登場させています。ラノベ、ゲームシナリオあわせて六割くらいの作品で妹を登場させたかも？

素直じゃなかったり、悪巧みしたりするクセのある妹が多かったような……。

雪季ちゃんは、歴代の妹の中でも、ぶっちぎりで素直で可愛いですね。普通に企画を出して執筆するタイプの作品だと、特徴がないとかダメ出しされるかもしれません。

ですが、ご覧のとおり雪季は存在感も大きすぎるくらいになりました。ストレートに可愛い妹ちゃんを登場させられたのは、ネット小説の利点だったかも。

まあ、もう一人の妹？　は素直じゃないし悪巧みもしますけどね。

ひねくれた妹も良いもんですよ。裏表紙のギター弾いてるSD絵も凄く可愛い！

ヤツは周囲をかき回す手際の良さは他の追随を許しませんし、今後もめいっぱい暴れてほしいですね。一応この作品はラブコメなんですけど、おとなしいお話にするつもりは一ミリもないので、どんどんやらかしてもらいたい。

ていうか、〝カクヨム〟の単語が多すぎるあとがきですね。

とはいえ、この作品の生まれ故郷なので頻出するのも当たり前ですが。あ、良かったらカクヨム版も読んでいただけたら嬉しいです。フォローしたり★をつけたりしてくださると、もっと嬉しいです（欲張り）。

イラストの三九呂先生、2巻も続けて素晴らしいイラストをありがとうございます！　特にカバーの靴下をはく雪季、可愛すぎました！

担当さんも引き続きありがとうございます！　ミスや弱い部分の提示など、とても助かっております！

この本の制作・出版・販売などに関わってくださった皆様、ありがとうございます。

なにより、カクヨムの読者さま、そしてこの本の読者の皆様に最大限の感謝を！

それでは、またお会いできれば嬉しいです。

2022年まだ春　鏡遊

◉鏡　遊著作リスト

「妹はカノジョにできないのに1～2」（電撃文庫）

本書に対するご意見、ご感想をお寄せください。

ファンレターあて先
〒 102-8177　東京都千代田区富士見 2-13-3
電撃文庫編集部
「鏡 遊先生」係
「三九呂先生」係

本書はカクヨム掲載『妹はカノジョにできない』を改題・加筆修正したものです。

電撃文庫

妹(いもうと)はカノジョにできないのに 2

鏡 遊(かがみ ゆう)

2022年6月10日　初版発行

発行者　青柳昌行
発行　株式会社KADOKAWA
〒102-8177　東京都千代田区富士見2-13-3
0570-002-301（ナビダイヤル）
装丁者　荻窪裕司（META＋MANIERA）
印刷　株式会社暁印刷
製本　株式会社暁印刷

●お問い合わせ
https://www.kadokawa.co.jp/（「お問い合わせ」へお進みください）
※内容によっては、お答えできない場合があります。
※サポートは日本国内のみとさせていただきます。
※ Japanese text only

※定価はカバーに表示してあります。

ISBN978-4-04-914230-3　C0193　Printed in Japan

電撃文庫　https://dengekibunko.jp/

電撃文庫創刊に際して

文庫は、我が国にとどまらず、世界の書籍の流れのなかで〝小さな巨人〟としての地位を築いてきた。古今東西の名著を、廉価で手に入りやすい形で提供してきたからこそ、人は文庫を自分の師として、また青春の想い出として、語りついできたのである。

その源を、文化的にはドイツのレクラム文庫に求めるにせよ、規模の上でイギリスのペンギンブックスに求めるにせよ、いま文庫は知識人の層の多様化に従って、ますますその意義を大きくしていると言ってよい。

文庫出版の意味するものは、激動の現代のみならず将来にわたって、大きくなることはあっても、小さくなることはないだろう。

「電撃文庫」は、そのように多様化した対象に応え、歴史に耐えうる作品を収録するのはもちろん、新しい世紀を迎えるにあたって、既成の枠をこえる新鮮で強烈なアイ・オープナーたりたい。

その特異さ故に、この存在は、かつて文庫がはじめて出版世界に登場したときと、同じ戸惑いを読書人に与えるかもしれない。

しかし、〈Changing Times,Changing Publishing〉時代は変わって、出版も変わる。時を重ねるなかで、精神の糧として、心の一隅を占めるものとして、次なる文化の担い手の若者たちに確かな評価を得られると信じて、ここに「電撃文庫」を出版する。

1993年6月10日
角川歴彦

電撃文庫DIGEST　6月の新刊

発売日2022年6月10日

第28回電撃小説大賞《金賞》受賞作
竜殺しのブリュンヒルド
著／東崎惟子　イラスト／あおあそ

第28回電撃小説大賞《銀賞》受賞作。竜殺しの娘として生まれ、竜の娘として生きた少女、ブリュンヒルドを翻弄する残酷な運命。憎しみを超えた愛と、愛を超える憎しみが交錯する！　電撃が贈る本格ファンタジー。

姫騎士様のヒモ2
著／白金 透　イラスト／マシマサキ

進まない迷宮攻略に焦る姫騎士アルウィン。彼女の問題を解決したいマシューだが、近衛騎士隊のヴィンセントによって殺人事件の容疑者として挙げられてしまう。一方、街では太陽神教が勢力を拡大しており……。大賞受賞作、待望の第2弾！

とある科学の超電磁砲（レールガン）
著／鎌池和馬
イラスト／はいむらきよたか、冬川 基、ほか

『とある科学の超電磁砲』コミック連載15周年を記念し、学園都市を舞台に、御坂美琴、白井黒子、初春飾利、佐天涙子の4人の少女の、平和で平凡でちょっぴり変わった日常を原作者・鎌池和馬が描く！

魔法科高校の劣等生 Appendix①
著／佐島 勤　イラスト／石田可奈

『魔法科』10周年を記念して、今となっては入手不可能なBD/DVD特典小説を電撃文庫化。これは、毎夜繰り広げられる、いつもの『魔法科』ではない『魔法科高校』の物語――『ドリームゲーム』を収録！

虚ろなるレガリア3 All Hell Breaks Loose
著／三雲岳斗　イラスト／深遊

暴露系配信者の暗躍により龍の巫女であることを全世界に公表されてしまった彩葉と、連続殺人の冤罪でギルドに囚われたヤヒロ。引き離された二人を狙って、新たな不死者たちが動き出す――！

ストライク・ザ・ブラッド APPEND3
著／三雲岳斗　イラスト／マニャ子

寝起きドッキリや放課後デートから、獅子王機関の本拠地で起きた怪事件まで。古城と雪菜たちの日常を描くストブラ番外篇第三弾！　完全新作を含めた短篇・掌編十五本とおまけSSを収録！

声優ラジオのウラオモテ #07 柚日咲めくるは隠しきれない？
著／二月 公　イラスト／さばみぞれ

「自分より他の声優の方が」ファン心理が邪魔をするせいでオーディションに弱く、話芸で台頭してきためくる。このままじゃ駄目だと気づきながらも苦戦する、大好きで可愛い先輩のため。夕陽とやすみも一肌脱ぎます！

ドラキュラやきん!5
著／和ヶ原聡司　イラスト／有坂あこ

父・ザーカリーとの一件で急接近したアイリスと虎木。いつもの日常を過ごしていたある日、二人は深夜の街で少女・羽鳥理沙をファントムから救出する。その相手はまさかの"吸血鬼"で……!?

妹はカノジョにできないのに2
著／鏡 遊　イラスト／三九呂

雪季は妹じゃなくて、晶穂こそが血のつながった妹だった!?　自分にとっての“妹”はどちらなのか……。答えが出せないまま、晶穂が兄妹旅行についてくると言い出して!?　複雑な関係がついに動き出す予感が――！

友達の後ろで君とこっそり手を繋ぐ。誰にも言えない恋をする。2
著／真代屋秀晃　イラスト／みすみ

どうかこの親友五人組の平穏な関係が、これからも続きますように。そう心から願っていたのに、恋仲になることを望んでいる夜瑠と親密になっていく。バレたらいまの日常が崩壊するのは確定、だけどそれでも――。

新作
明日の罪人と無人島の教室
著／周藤 蓮　イラスト／かやはら

未来測定が義務化した世界。将来必ず罪を犯す《明日の罪人》と判定された十二人の生徒達は絶海の孤島『鉄窓島』に集められる。与えられた条件は一つ。一年間の共同生活で己が清廉性を証明するか、さもなくば死か。

このラブコメは幸せになる義務がある。

[著] 榛名千紘
[ILL.] てつぶた

さんかく

ラブコメ史上、
もっとも幸せな三角関係！
これが三角関係ラブコメの到達点！

平凡な高校生・矢代天馬はクールな美少女・皇凛華が幼馴染の椿木麗良を溺愛していることを知る。天馬は二人がより親密になれるよう手伝うことになるが、その麗良はナンパから助けてくれた彼を好きになって……!?

My first love partner was kissing

私の初恋相手がキスしてた

[Iruma Hitoma]
入間人間
[Illustration] フライ

私の家に、ある日彼女がやってきて——

STORY

うちに居候をすることになったのは、隣のクラスの女子だった。
ある日いきなり母親と二人で家にやってきて、考えてること分からんし、
そのくせ顔はやたら良くてなんかこう……気に食わん。
お互い不干渉で、とは思うけどさ。あんた、たまに夜どこに出かけてんの？